少年少女のための
ミステリー超入門

Mystery
First Guidance

Ashibe Taku
芦辺 拓

岩崎書店

目次

はじめに

今は朝から晩《ばん》まで、やれ新しいトリックだ意表を突《つ》くストーリーだ、これまでにない謎《なぞ》解《と》きを考え出すんだと、年がら年じゅう探偵小説《たんていしょうせつ》――ミステリーのことばかり考えている私《わたし》ですが、それでもときどき思い出すことがあります。

それは十代のころ、本屋さんにも図書館にもあふれかえっていて、友達の多くも楽しんでいるミステリーの山また山の前で途方《とほう》に暮《く》れていた日々。どれもこれも面白そうで、でも、あまりに数が多すぎ、種類もいろいろありすぎて、どう手をつけたものか見当もつかなかったのです。

ひょっとして、この本を手に取っているあなたもそうなのではありませんか。

私の少年時代より、ミステリーはますます細分化され、マニアックにもなりすぎたところがあって、そのせいで敬遠《けいえん》してしまっているとしても無理はありません。かつての私がそうだったように……。

しかし、それではあまりにも、もったいなくはありませんか。

なぜといって、少しばかり高い敷居《しきい》を越《こ》えた向こうに、読んでも読んでも読み切れない、そしてたまらなく面白い物語がどこまでも広がっているからです。

私がそこに足を踏《ふ》み入れるに当たっては、いろんな人のアドバイスやブックガイド本のお世話になりました。今もそうしたものはたくさんあり、ありすぎて、これまた選択《せんたく》に困《こま》るぐらいですし、そこに何百冊《なんびゃくさつ》もの作品が挙《あ》げられていたりしたら、結局同じことになってしまいます。

そこで、この本では、ミステリーの長い歴史に沿《そ》って、できるだけバラエティに富《と》んだ八冊を時代順に選び出し、その紹介《しょうかい》を通して、いつのまにかこのジャンルに親しんでもらえるようにしました。

ベスト選出というのではありませんし、作家ごとの代表作をピックアップしたわけでもありませんから、人によってはオヤッと思う人選が行なわれ、アレッととまどう作品が挙《あ》げられているかもしれません。それは読んでのお楽しみです。

——前置きはこれぐらいにして、まずは一冊《さつ》目《め》のミステリーの扉《とびら》を開いてみてください。

一冊目

『緋《ひ》色《いろ》の研究《けんきゅう》』

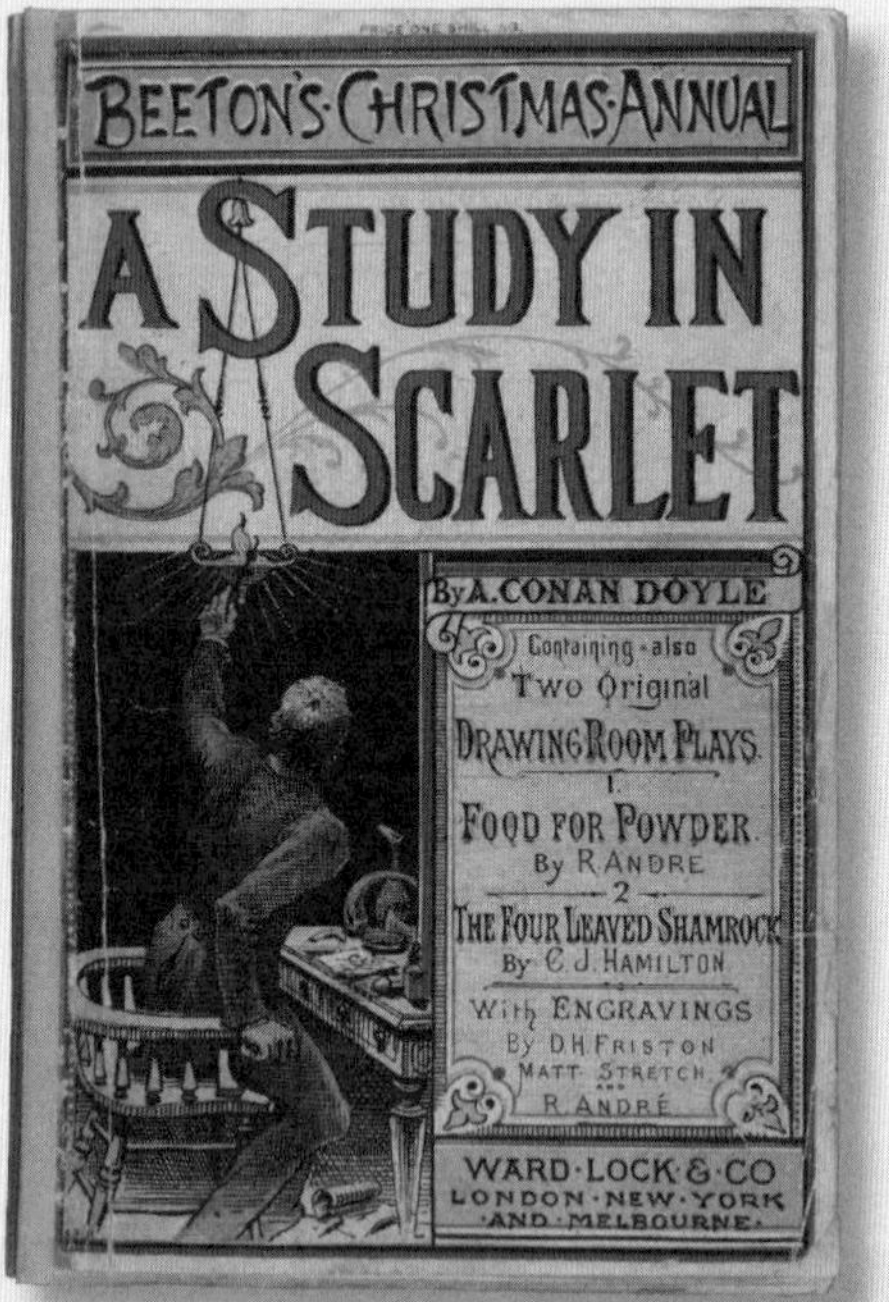

ビートン・クリスマス年鑑《ねんかん》
1887年

一八八七年といいますから、日本でいえば明治《めいじ》二十年、つまり今から百三十年以上前に発表された小説の中で、二人の登場人物のこんな出会いが描《えが》かれました。

「こちらはワトスン博士《はかせ》。こちらがシャーロック・ホームズさんです」スタンフォードが紹介《しょうかい》してくれた。

「初めまして」ホームズは温かくわたしの手を握《にぎ》ったが、思いがけない力の強さだった。「あなた、アフガニスタンに行っていましたね？」

（日暮雅通訳《ひぐらしまさみちやく》・以下同）

その小説のタイトルは『緋色《ひいろ》の研究《けんきゅう》』、作者の名はアーサー・コナン・ドイル。このシーンで握手《あくしゅ》を交わした二人――名探偵《めいたんてい》シャーロック・ホームズと、そのよき相棒《あいぼう》で事件記録係《じけんきろくがかり》となるジョン・ワトスン博士《はかせ》は、それからというもの四十年間にわたり、六十もの事件を解決《かいけつ》してゆくことになります。彼《かれ》らの名は、誰《だれ》もがどこかで聞いたことがあるのではないでしょうか。

シャーロッキアンと呼《よ》ばれる、このシリーズの愛読者たちにとっては、決して忘《わす》れてはならない名場面です。と同時に、これはミステリー——探偵小説《たんていしょうせつ》にとって、大事な瞬間《しゅんかん》でもありました。

そのことは、またあとでお話しするとして、初めて会ったホームズから言われた言葉に、ワトスンはびっくりします。確《たし》かに彼は、軍医として働いていたアフガニスタンから帰国したばかりだったのですが、それを相手が知っているはずはなかったからです。

あとでそのわけを聞かれて、ホームズは答えます——。

「(前略《ぜんりゃく》)つまりこういうことだよ。『この紳士《しんし》は医者のようだが、ちょっと軍人タイプでもある。すると、軍医に違《ちが》いない。それに熱帯地域《ねったいちいき》から帰ってきたところだ。顔はまっ黒だが手首が白いから、生まれつき色黒なんじゃない。顔がげっそりやつれているところを見ると、だいぶ苦労があって病気もしたのだろう。左腕《ひだりうで》を負傷《ふしょう》したらしい。動かし方がぎこちなくて不自然だ。イギリスの軍医がひどい苦労をして、腕《うで》に負傷までするような熱帯地方とはどこか。アフガニスタン以外にはない』これだけ考えるのに一秒とかからなかった。そこでアフガニスタン帰りですねと言ったら、きみがびっくりしたというわけさ」

その推理《すいり》を聞かされて、ワトスンはすっかり感心してしまうのでした。とにかく一事が万事で、ホームズという男は、合理的なものの考え方が徹底《てってい》していました。

正しく論理《ろんり》を積み重ねていった先に、どんなとんでもない結論《けつろん》が出たとしても受け入れるべきであること、まず人間を観察すべきこと、不必要な知識《ちしき》は頭の中から追い出してしまうべきこと――といった具合で、「推理の科学」とでも呼ぶべきものを追求していることが、だんだんとわかってくるのです。

ともあれ、こうして出会った二人は、ロンドンのベーカー街二二一B（もともとは存在《そんざい》しない住所でしたが、今ではその番地にシャーロック・ホームズ博物館が建っています）の下宿で共同生活を始めるのですが、やがてこの名コンビにとっての最初の事件《じけん》が起きます。警察《けいさつ》からの知らせで、二人がとある空き家に駆《か》けつけると、そこには男の死体が転がっており、近くの壁《かべ》には、血で書かれた謎《なぞ》めいた文字〝RACHE〟が書かれていました。
全く五里霧中《ごりむちゅう》のまま、ろくな手がかりもつかめず、血文字はRACHEL《レイチエル》という女の名前を書きかけたものだ——などと判断《はんだん》を下す警察に対し、ホームズは言い放ちます。

「これは他殺で、犯人《はんにん》は男です。身長六フィート以上の男盛《おとこざか》り。長身のわりに足が小さく、先の角ばった靴《くつ》を履《は》いてトリチノポリ葉巻《はまき》を吸《す》っている。ここへは被害者《ひがいしゃ》といっしょに四輪の辻《つじ》馬車《ばしゃ》でやってきたが、その馬車の蹄鉄《ていてつ》は右の前足だけが新しく、あとの三個《こ》は古い。それに犯人はおそらく赤ら顔で、右手の爪《つめ》がひどく伸《の》びている。まあ、こんな程度《ていど》ですが、何かの参考にはなるでしょう」

そう述《の》べたあと、男の死因《しいん》は毒殺であること、〝RACHE〟はドイツ語で『復讐《ふくしゅう》』を意味する〝ラッヘ〟であると言い切ります。人間を一目見ただけで、その素性《すじょう》を見抜《みぬ》いてしまう観察力と分析《ぶんせき》力《りょく》が、殺人事件《さつじんじけん》の現場《げんば》にも発揮《はっき》されたのです。

あざやかな推理《すいり》でもって、ワトスン博士《はかせ》やスコットランド・ヤードの警部《けいぶ》たちの度肝《どぎも》を抜いたホームズは、続いて事件の解決《かいけつ》に乗り出します。ですが、それは過去《かこ》にさかのぼり、大西洋をはさんだ新大陸アメリカともつながる大いなるドラマの始まりでもあったのです……。

コナン・ドイルは、一八五九年、イギリスのエジンバラに生まれ、青年期には医学を学ぶかたわら、文学や歴史にも親しんだようです。エジンバラ大学医学部に通っていたとき、ジョセフ・ベル博士から大きな影響《えいきょう》を受けました。

ベル博士はすぐれた外科医であるとともに、驚《おどろ》くべき観察力と分析力の持ち主でした。何しろ、患者《かんじゃ》と一言か二言会話し、その人の身なりや癖《くせ》を見るだけで、どこから来たか、職業《しょくぎょう》は何で、これまでどんな生活をしてきたかまで言い当ててしまうのです。

「あなたはハイランド連隊の下士官で、バルバドスにいたでしょう。そして、除隊《じょたい》してまもないに違《ちが》いない。ああ、あなたの歩き方や物腰《ものごし》、それに病気の症状《しょうじょう》を見ていて、そうだろうと思ったのですが、やはりね」

「この女性《じょせい》はバーンティスランドのリノリウム工場で働いていて、今日はお子さん二人を連れ、植物園の近くを通って、ここまで来たのだよ。なに、指先の皮膚炎《ひふえん》と手にしたコート、それに靴《くつ》底《ぞこ》についた赤土を見れば自明じゃないか。あと、彼女《かのじょ》が最初に『おはようございます』と言ったときの訛《なま》りを聞けばね」

——といった調子だったそうですが、おや、何だか似《に》てはいませんか。シャーロック・ホームズの「あなた、アフガニスタンに行っていましたね？」というセリフと。

ベル博士《はかせ》の助手として働いたあと、ドイルは船医として捕鯨船《ほげいせん》に乗ったりしますが、このころすでに短編小説《たんぺんしょうせつ》を書いて投稿《とうこう》することを始めていました。やがてポーツマスで独立開業《どくりつかいぎょう》しますが、さっぱり患者《かんじゃ》が来てくれず、暇《ひま》つぶしとお金を稼《かせ》ぐために、さらに小説を書き続けます。

でも、当時は雑誌《ざっし》に短編小説を載《の》せる場合には、作者の名前を出さないことが珍《めずら》しくありませんでした。それではいつまでたっても認《みと》められないので、単行本になる長編小説《ちょうへんしょうせつ》を書くことに挑《ちょう》戦《せん》し始めます。

その何作目かが『緋《ひ》色《いろ》の研究』ですが、まさかこの作品が、これほど大きな影響力《えいきょうりょく》を持ち、その主人公が世界一有名なキャラクターになるとは、予想もしなかったに違いありません。

ホームズとワトスンの出会いとともに始まり、一つの時代を開いた『緋色の研究』——といっても、これ以前に探偵小説《たんていしょうせつ》がなかったわけではありません。

それどころか、謎《なぞ》とそれを解《と》き明かす物語というのは、何百年も、いえ、何千年も昔から人間に愛されてきました。たとえば旧約聖書《きゅうやくせいしょ》の外典《がいてん》(聖書《せいしょ》の正典《せいてん》におさめられなかった福音書《ふくいんしょ》)には、二人の証人《しょうにん》の証言《しょうげん》の食い違いをもとに、無実の女性を死刑《しけい》から救う話や、神様へのお供《そな》え物がいつのまにか消えてしまうのは、実は神官たちが横取りしていることを、床《ゆか》に灰《はい》をまいて足跡《あしあと》をつけさせることで暴《あば》く話が載《の》っています。

ヘロドトスの『歴史』の「ランプシナイタス王の宝庫《ほうこ》」における、王様とその宝物《たからもの》を盗《ぬす》もうとする泥棒《どろぼう》との知恵《ちえ》比《くら》べは、まるで怪盗《かいとう》もののお話でも読むようです。おなじみの『千一夜物語《アラビアン・ナイト》』は、いろんな知恵者《ちえしゃ》や悪者の話でいっぱいです。

十八世紀の思想家ヴォルテールの『ザディグ』には、王妃《おうひ》の犬と国王の馬が逃《に》げ出したとき、その足跡だけを見て、それがどんな姿《すがた》の犬や馬であるかを言い当てて、かえって泥棒と疑《うたが》われてしまう男が出てきますが、その推理《すいり》のやり方は何だかホームズの遠いご先祖《せんぞ》のようです。

また、早くから科学や社会制度《しゃかいせいど》が発達した中国では、公案小説という、日本でいえば名奉行《めいぶぎょう》のお裁《さば》きを描《えが》いた物語が盛《さか》んに書かれました。

ここには奇抜《きばつ》な殺人トリックがあり、誤《あやま》って逮捕《たいほ》される容疑者《ようぎしゃ》がおり、地道な捜査《そうさ》や科学的な証拠調《しょうこしら》べが行なわれ、判官《はんがん》や知県（市長）といった役人たちが、法廷《ほうてい》で知恵を働かせ、みごとに真犯人《しんはんにん》を捕《つか》まえる——という筋立《すじだ》てになっていて、あまりにも後世のミステリーにそっくりなのに驚《おどろ》かされます。

そして、今日的な意味でのミステリー——不可解《ふかかい》な事件《じけん》があり、一応《いちおう》はちゃんとした捜査があり、そして、その真相を〈探偵《たんてい》〉が論理的《ろんりてき》に、証拠にもとづく推理でもって解《と》き明かす小説は、『緋色《ひいろ》の研究』以前にも、すでに盛んに書かれていました。

その第一号といっていいのが、アメリカが生んだ幻想《げんそう》と怪奇《かいき》の作家、エドガー・アラン・ポーによる「モルグ街の殺人」（一八四一）です。パリを舞台《ぶたい》にしたこの短編《たんぺん》で、むごたらしい密室《みっしつ》殺人《さつじん》の謎《なぞ》を解《と》くのは、没落貴族《ぼつらくきぞく》のオーギュスト・デュパンでした。

ポーは、続いて彼《かれ》を主人公にした「マリー・ロジェの謎」「盗まれた手紙」を書いたほか、すばらしく論理的な暗号解読《あんごうかいどく》を描いた「黄金虫」や意外な展開《てんかい》に驚かされる「お前が犯人だ」といった探偵小説を執筆《しっぴつ》していました。

名実ともに、ポーこそ世界最初の探偵小説家であり、デュパンが名探偵第一号であることを疑うものはいません。

しかし、ポーの病的なまでに繊細《せんさい》で夢幻的《むげんてき》な世界は、当時まだ荒々《あらあら》しい開拓気質《かいたくきしつ》を残したアメリカでは受け入れられませんでした。いちはやく彼《かれ》の才能《さいのう》を認《みと》めたのは、彼が芸術《げいじゅつ》の中心地としてあこがれ、名探偵《めいたんてい》デュパンの活躍《かつやく》の舞台《ぶたい》に選んだフランスだったのです。

そのフランスでは、十九世紀の中ごろから新聞小説が大流行《おおはや》りで、たとえばアレクサンドル・デュマの『三銃士《さんじゅうし》』や『モンテ・クリスト伯《はく》』などの名作も、もともとは新聞に連載《れんさい》されたものでした。どれも原稿用紙《げんこうようし》にして何千枚《なんぜんまい》もの大長編《だいちょうへん》ばかりです。

ポーの犯罪《はんざい》と推理《すいり》の物語は、この国で不思議《ふしぎ》な化学変化を起こしました。フランスの新聞小説は、過去《かこ》だろうが現在《げんざい》だろうが、貴族《きぞく》のスキャンダルだろうが遠い異国《いこく》の冒険《ぼうけん》だろうが、面白ければ何でも貪欲《どんよく》にとりあげていたのですが、唯一《ゆいいつ》これればかりはロマンのかけらもないから、と手をつけかねていた題材がありました。

それは、警察《けいさつ》と死体置場《モルグ》でした。それらがとうとう小説《しょうせつ》に描《えが》かれるようになったのには、どうもポーの影響《えいきょう》があったようなのです。

もともとフランスは革命以降《かくめいいこう》、密偵政治《みっていせいじ》が盛《さか》んに行なわれ、前歴と人脈を生かして元犯罪者《もとはんざいしゃ》を捜査官《そうさかん》に起用するなど、警察組織《けいさつそしき》そのものが怪《あや》しげで、国民に信頼《しんらい》されるというよりは畏怖《いふ》されていました。その分、読者の好奇心《こうきしん》を誘《さそ》っていたところもあったのでしょう。

ともあれ、その結果誕生《たんじょう》したのは、デュパンとは似《に》ても似つかないプロの探偵――つまり刑事《けいじ》でした。その名はルコック、人呼《よ》んでムッシュー・ルコック。これは刑事という職業《しょくぎょう》がうさん臭《くさ》く見られていたときに、彼がちゃんとした紳士《しんし》として〝さん《ムッシュー》〟づけで呼ばれることを望んだことに由来しています。

生みの親はエミール・ガボリオ。ルコックが活躍する物語はたちまち大人気となり、はるかに遠い日本で盛んに訳《やく》されるほどの広がりを見せました。もちろん、海峡《かいきょう》を隔《へだ》てただけのイギリスでも……。

ドイルもまた、ポーとガボリオの愛読者でした。彼《かれ》の書く物語には、この二人の影響《えいきょう》がはっきりと見られます。

でもデュパンは、深夜の散歩を楽しむ以外はもっぱら下宿に引きこもり、たった一人の友人相手に推理《すいり》を語る孤独《こどく》な夢想家《むそうか》でしたし、ルコックが推理の冴《さ》えを見せる捜査《そうさ》シーンは、長大なメロドラマ小説のほんの一部分にとどまっていました。

これに対してシャーロック・ホームズの新しかった点――それは彼が〝推理するヒーロー〟であったことでした。

常《つね》に物語の中心にあるのは、ホームズの推理です。彼は自ら事件《じけん》の手がかりや証言《しょうげん》を求めてロンドンを歩き回り、変装《へんそう》して危険《きけん》な場所に乗りこんだり、悪人と直接対決《ちょくせつたいけつ》したりすることも、いといません。

親友のワトスン博士《はかせ》ですらあきれるほどの変人で、何を考えているかわからないところがありますが、困《こま》った人を助けるためには、ためらうことがありません。

ホームズは自分のことを「諮問探偵《コンサルティング・ディテクティヴ》」と名乗っていました。これは、疑問《ぎもん》や相談ごとを持ちこまれたら、それに答える探偵《たんてい》ということです。依頼人《いらいにん》は一般市民《いっぱんしみん》の場合もありますし、『緋色《ひいろ》の研究』のように警察《けいさつ》から相談を受けることだってあるのです。

つまりデュパンのように趣味《しゅみ》や知的な遊びのために謎《なぞ》を解《と》くのではなく、ルコックのように組織《そしき》の一員として与《あた》えられた仕事をこなすのでもなく、あくまで自分の意思とやり方で事件に挑《いど》むということを意味します。

そう……ここにミステリーにおける〈探偵〉像《ぞう》が確立《かくりつ》されたのです。

とはいえ、『緋色の研究』は、シリーズ第一作ということで、小説のスタイルとしては古い型を残しています。前半のホームズの登場と推理はあざやかなものですが、後半、事件の源《みなもと》をたどる形で語られる過去《かこ》のアメリカでのドラマは、ガボリオのスタイルを脱《だっ》していません。

この作品自体、「ビートンのクリスマス年鑑《ねんかん》」という、今でいえばムックのような雑誌《ざっし》に載《の》ったもので、ドイルをあまり有名にはしてくれなかったようです。それでも、次の長編《ちょうへん》『四つの署名《しょめい》』（一八九〇）はアメリカの雑誌《ざっし》から依頼《いらい》があって書いたものですから、その面白さに気づいた人は大勢《おおぜい》いたことがわかります。

状況《じょうきょう》を一変させたのは、一八九一年にイギリスの雑誌「ストランド・マガジン」で始まった短《たん》編連載《へんれんさい》でした。後に『シャーロック・ホームズの冒険《ぼうけん》』にまとめられることになるシリーズは、圧倒的《あっとうてき》な人気を呼《よ》び、それはまたたく間に世界に広がりました。「ボヘミアの醜聞《しゅうぶん》」「赤毛組合」「花婿《はなむこ》の正体」……こう書き並《なら》べるだけでワクワクするほどの傑作《けっさく》ぞろいです。

何しろ一話ごとに完結する短い作品ですから、長々と背景《はいけい》を説明し、メロドラマを展開《てんかい》している余裕《よゆう》はありません。そのエッセンスのような部分と、ホームズが出会う事件《じけん》と彼《かれ》の謎解《なぞと》きがクローズアップされるのですから、面白くないわけがありません。

長い物語を単行本で描《えが》くより、月々の雑誌に、それも読み切りの形で発表してゆく。こうした形式自体が新しく、当時の人たちのライフスタイルにぴったりだったこともあります。ホームズ物の長編は、『バスカヴィル家の犬』『恐怖《きょうふ》の谷』と書かれるのですが、独自《どくじ》のスタイルを確立《かくりつ》したという点では、短編の方に軍配を上げざるを得ません。

とにかく、その後のホームズの活躍《かつやく》と来たらめざましいもので、ある国の王様の悩《なや》みを解決《かいけつ》したかと思えば、街の質屋《しちや》のおじさんや貧乏《びんぼう》な家庭教師《かていきょうし》の女性《じょせい》からの相談にも乗りますし、戦う相手も世界一の犯罪王《はんざいおう》からスパイ、大泥棒《おおどろぼう》、野蛮《やばん》な殺人鬼《さつじんき》など数知れません。

彼が取り組む謎《なぞ》もまた魅力的《みりょくてき》で、閉《と》ざされた部屋での殺人や、不思議《ふしぎ》な人形《ひとがた》の暗号、ガチョウの腹《はら》から出てきた宝石《ほうせき》、すぐ目の前にいたのに消えてしまった男などなど……。今のミステリーの基準《きじゅん》からすると、伏線《ふくせん》や手がかりが乏《とぼ》しかったり、推理《すいり》が強引だったりもするのですが、とにかくお話としての面白さでは、むしろ今の作品より優《すぐ》れているのではないでしょうか。

そんなホームズの事件簿《じけんぼ》が次々と発表されたころのイギリスは、ヴィクトリア女王の治世。世界中に領土《りょうど》を広げ植民地を持って、「日没《にちぼつ》することなき帝国《ていこく》」と呼ばれていました。とりわけ「世界の首都」の異名《いみょう》を持っていたロンドンの繁栄《はんえい》は素晴《すば》らしいものでしたが、その裏《うら》に恐《おそ》ろしい闇《やみ》を抱《かか》えていました。

表通りから一歩入れば、人々の暮《く》らしは貧《まず》しく不衛生《ふえいせい》で、小さな子供《こども》までもが一日中こき使われていました。治安も決していいとは言えず、悪名高い〝切《き》り裂《さ》きジャック〟の連続殺人が起きたのもこの時代のことでした。

十八世紀に市民を守るための警官隊《けいかんたい》ボウ・ストリート・ランナーズとして生まれ、やがてスコットランド・ヤードの名で知られるようになったロンドン警視庁《けいしちょう》は、人々の信頼《しんらい》を集め、世界一優秀《ゆうしゅう》と言われましたが、一人ひとりの不幸や不安にまではとても手が回りません。

シャーロック・ホームズが登場したのは、まさにそんななさなかでした。複雑《ふくざつ》に入り組み、いつ何が起こるか、隣《となり》にいるのがどんな人間かもわからない都会生活。そこでの、常識《じょうしき》にとらわれた警察《けいさつ》では手に負えない怪事件《かいじけん》をあざやかに解《と》き明かしてくれる人がいてくれたら、どんなにいいだろう――そんな願いを背負《せお》って、ひょっこりと生まれたのが彼《かれ》だったのです。

よく言われることに、作者のドイルが本当に書きたかったのは『白衣の騎士団《きしだん》』（一八九一）

のような重厚《じゅうこう》でロマンチックな歴史小説で、ホームズ物語のような探偵小説《たんていしょうせつ》で有名にはなりたくなかったのだ、と。

確《たし》かにそうかもしれません。それも無理はない話で、当時、歴史小説はすでに古典的名作がたくさんありましたが、まだ生まれたばかりの探偵小説をいくら書いても、作家としての名誉《めいよ》にはつながらなかったのです。

そうした悩《なや》みもあってか、ドイルは一八九三年の末、二冊目《さつめ》の短編集《たんぺんしゅう》『シャーロック・ホームズの回想』のラストを飾《かざ》ることになる「最後の事件」を発表。何とそこで、ホームズを犯罪王《はんざいおう》モリアーティ教授《きょうじゅ》と対決させ、崖《がけ》からはるか下の滝《たき》つぼに突《つ》き落として殺してしまいます。

これでようやく歴史小説に集中できると思いきや、待っていたのは読者からの非難轟々《ひなんごうごう》でした。そのあげく十年後（小説の中では三年後）、「空き家の冒険《ぼうけん》」で復活《ふっかつ》させるはめになったのは、あまりにも有名なエピソードです。

名探偵《めいたんてい》ホームズは、ドイルがたまたま創《つく》り出してしまったキャラクター。執筆《しっぴつ》に当たっても、時代考証《じだいこうしょう》やお約束に縛《しば》られた歴史小説に比《くら》べれば、はるかに楽だったといいます。でも、だからこそ同時代の空気をたっぷり吸《す》いこみ、そこにふくまれた人々の願いを背負《せお》った存在《そんざい》となったのかもしれません。

ともあれ、シャーロック・ホームズの成功は、あとに続く〈探偵《たんてい》〉たちを次から次へと誕生《たんじょう》させました。

ホームズよりもさらに科学を武器《ぶき》とする探偵（ソーンダイク博士《はかせ》）もいましたし、まるで推理《すいり》マシンのような天才探偵（〝思考機械〟ことヴァン・ドゥーゼン教授《きょうじゅ》）もいました。現場《げんば》には行かずにもっぱら人の話を聞き、新聞で情報《じょうほう》を集めて真相を言い当てる安楽椅子探偵《あんらくいすたんてい》（隅《すみ》の老人）も現《あらわ》れました。さらには当時はろくすっぽ権利《けんり》を与《あた》えられていなかった女性《じょせい》の探偵、エキゾチックな外国人探偵、体に障害《しょうがい》があり、だからこそ感覚を研ぎすました探偵――と数え上げたらきりがなく、まさに百花繚乱《ひゃっかりょうらん》といったところです。

それらのルーツにシャーロック・ホームズがおり、その出発点が『緋色《ひいろ》の研究』であることは言うまでもありません。

ドイルは当人も嘆《なげ》いたように、ホームズ・シリーズのほかにも面白い作品を書いています。『失われた世界』『マラコット深海』はSF冒険小説《ぼうけんしょうせつ》の先駆《さきが》けですし、本人のお気に入りだった『白衣の騎士団《きしだん》』にライトノベル的な面白さを見出す人が現れたりして、今もその輝《かがや》きは失せていません。

要は、ドイルがシャーロック・ホームズという、それらの傑作群《けっさくぐん》がかすんでしまうほどの主人公をつくってしまったということです。そして、それは作家にとっての栄光であっても、悲劇《ひげき》などであるはずはないのです。


シャーロック・ホームズ・シリーズの最後の作品「ショスコム荘《そう》」が発表されたのは一九二七年。それから九十年以上の歳月《さいげつ》が過《す》ぎてしまいました。

小説の中のロンドンでホームズが活躍《かつやく》していた当時、人々は急成長した「都市」という巨大《きょだい》な怪物《かいぶつ》、明日何が起こるかわからない「近代」というブラックホールに直面して、そこをどう生き抜《ぬ》けばいいか、とまどっていました。

二十一世紀を生きる私《わたし》たちは、彼《かれ》らに比《くら》べれば、ずいぶんそれらに慣《な》れっこになってしまったように見えます。でも、猛《もう》スピードで発達したインターネットや、そこから生まれたばかりのSNSと、どう向き合えばいいかの答えは、まだ見つかっていません。

ホームズが、当時の人々の悩《なや》みを解決《かいけつ》し、明かりをともしてくれるヒーローであったとすれば、私たちにとってのホームズはどこかにいるのでしょうか。いるとして、いったいどんな存在《そんざい》なのでしょうか。

そんなことを考えつつ、ホームズ・シリーズを、さらにその他のミステリーを読んでみるのも、この魅力的《みりょくてき》なジャンルの新たな楽しみ方となるかもしれません。

◆出典――『緋色の研究　新訳シャーロック・ホームズ全集』（光文社文庫）日暮雅通 訳　2006

二冊目

『マルタの鷹《たか》』

「マルタの鷹《たか》」
の連載《れんさい》が開始した
「ブラック・マスク」
1929年9月号

マルタの鷹　初版本《しょはんぼん》
1930年

一九二九年――この年の十月二十四日、ニューヨーク・ウォール街の株式相場《かぶしきそうば》が大暴落《だいぼうらく》して、世界恐慌《せかいきょうこう》が始まります。多くの会社がつぶれ、大量の失業者が出て、やがてそれは人々が決してくり返すまいと誓《ちか》った世界大戦の危機《きき》へと、ゆっくりとつながってゆくのです。

その少し前、まだそんな気配もないアメリカのどこかの都市を歩いてみるとしましょう。とき、まさに狂乱の二〇年代《ローリング・トウエンティーズ》！　自動車とラジオが人々の暮《く》らしを変え、どこへ行っても耳に飛びこんでくるのはジャズ、目につくのはアールデコのデザインです。

先住民を追い払《はら》って、西へ西へと開拓《かいたく》を進めた荒々《あらあら》しく質朴《しつぼく》な開拓精神《かいたくせいしん》にかわって、新たな価値観《かちかん》が生まれました。自由で刹那的《せつなてき》で享楽的《きょうらくてき》なそれは、全てのものを金で買える商品として消費してゆく考え方でもありました。

小説もまた、その例外ではありませんでした。

一九二〇年から二四年にかけて、〝めりけんじゃっぷ〟としてアメリカで放浪生活《ほうろうせいかつ》を送り、帰国後は牧逸馬《まきいつま》・林不忘《はやしふぼう》・谷譲次《たにじょうじ》の三つのペンネームで小説を書きまくった長谷川海太郎《はせがわかいたろう》は、この国にいかに大量の雑誌《ざっし》があり、月々いかに大量の小説が掲載《けいさい》されては消えてゆくかを指摘《してき》しています。文学はれっきとした商品であり、お金で売り買いするものだ、とも。

さて……知らない街を散策《さんさく》するとき、つい本屋さんが気になる人はありませんか。もし、あなたもそうなら、ちょっとあの表通りの立派《りっぱ》な書店に入ってみましょう。

なかなか高級な店らしく、立派な装幀《そうてい》のどっしりした本がずらりと並《なら》び、置《お》いてある雑誌も、質《しつ》のいい紙に刷った上品そうなものばかりです。

おや、店内の目立つ場所に山積みにされているハードカバーの立派な本がありますね。なにに——S・S・ヴァン・ダイン著《ちょ》『僧正殺人事件《そうじょうさつじんじけん》』？

そう、これはここ数年、ベストセラーを続けている名探偵《めいたんてい》ファイロ・ヴァンス・シリーズの第四作。陰鬱《いんうつ》な館での連続殺人を描《えが》いた前作『グリーン家殺人事件』は、ダンディな俳優《はいゆう》ウィリアム・パウエルの主演《しゅえん》で、映画《えいが》になって大ヒットしました。

三年前の一九二六年、『ベンスン殺人事件』でデビューした主役のヴァンス探偵は、今やシャーロック・ホームズをしのぐ人気です。その特徴《とくちょう》は、とにかくキザで博識《はくしき》でハイセンスなぜいたく屋だということ。ニューヨークの今でいえば超高級《ちょうこうきゅう》マンション（しかも屋上庭園つき！）に召使《めしつかい》と住み、趣味《しゅみ》は美術品《びじゅつひん》の収集《しゅうしゅう》と音楽鑑賞《おんがくかんしょう》、乗馬など各種スポーツにハンティング。何か国語にも通じ、医学や考古学、最新のフロイト心理学やアインシュタインの宇宙論《うちゅうろん》にもくわしい。

特別注文で自分の名前を入れたタバコを愛用し、友人のマーカム地方検事《ちほうけんじ》の依頼《いらい》で殺人現場《さつじんげんば》に出かけるときは、絹《きぬ》の高級スーツを着て、襟《えり》にバラの花をさしてゆくという徹底《てってい》ぶり。推理《すいり》を披露《ひろう》するときにも、合間あいまにラテン語をまじえないとしゃべれないありさまです。

こんな、これまでのアメリカにはなかった探偵小説《たんていしょうせつ》を書いたヴァン・ダインというのは何者なのでしょう。本屋の人に訊《き》いてみましょうか。そしたら、こんな風に教えてくれることでしょう。

「S・S・ヴァン・ダインというのは、とても有名でえらい人の匿名《とくめい》らしいんですよ。あまりに知的な活動を突《つ》きつめた結果、神経《しんけい》を病んでしまって療養生活《りょうようせいかつ》に入ったんですが、その際医者から、『もう根をつめた勉強は決してしてはいけません。読書も難《むずか》しいものは駄目《だめ》です。軽い読物にしておきなさい』と言われた。そこで、少しは知的要素《ちてきようそ》があるだろうと探偵小説《たんていしょうせつ》を読む許可《きょか》をもらったんですが、だんだんと興味《きょうみ》を感じて二年間で二千冊《せんさつ》も読んでしまった。そうするうちに、今はごく低級な読物のように思われている探偵小説を、もっと知的で高級なものにできると思い立ち、ササッと三冊ばかり書き上げたものがすばらしい傑作《けっさく》で、たちまちベストセラーになったというから、すごいじゃありませんか。とにかく大評判《だいひょうばん》ですから、ぜひお読みなさい」

確《たし》かにヴァン・ダイン（これで一つの名字です）の探偵小説はよく売れました。これまでこのジャンルに見向きもしなかった富裕層《ふゆうそう》やインテリたちがファイロ・ヴァンスの推理談《すいりだん》をむさぼり読み始めたのです。

もっとも中には、外国語をちりばめたヴァンス探偵の言葉遣《ことばづか》いを「辞書の巻末用語集《かんまつようごしゅう》を勉強している女子高校生なみ」とたたき、作者は名探偵《めいたんてい》に花を持たせるために、作中の警察《けいさつ》には見え見えの真犯人《しんはんにん》を逮捕《たいほ》させず、初歩的な捜査活動《そうさかつどう》さえさせないようにしている——と手きびしくデビュー作『ベンスン殺人事件《さつじんじけん》』を批判《ひはん》した書評家《しょひょうか》もいましたが。

折しも、アメリカはさっき述《の》べたような大発展《だいはってん》と変化の時期にありました。誰《だれ》もが豊《ゆた》かになり、そうなると、これまで大して関心のなかった教養や文化がほしくなってきたのです。ファッションやグルメを楽しんでみたくなったのです。何だか少し前の日本のようですが……。

そんな人たちにとって、華《はな》やかな大都会を舞台《ぶたい》に、新興《しんこう》ブルジョア階級の間で起きる殺人を描《えが》き、そこへたっぷりと学問や芸術《げいじゅつ》のうんちくを盛《も》りこんだミステリーはぴったりでした。

シャーロック・ホームズの登場から四十年弱。アクションヒーロー的な探偵の活躍《かつやく》を描くものや、冗長《じょうちょう》なメロドラマ風の作品しかなかった（というと言い過《す》ぎですが）アメリカに、ようやく現《あらわ》れた謎解《なぞと》き主体の長編《ちょうへん》。先に「モルグ街の殺人」のオーギュスト・デュパンを生み出し、ホームズを本国より先に認《みと》めたアメリカは、ここでようやく面目をほどこしたのです。

でも、誰もかれもが、そんな虚飾《きょしょく》に満ちた作品に夢中《むちゅう》だったのでしょうか。この時代を代表する〈探偵〉はファイロ・ヴァンスだったのでしょうか。

そうではありません。日本では今でも彼《かれ》を主人公とした物語が読み継《つ》がれていますが、本国ではすっかり忘《わす》れられてしまいました。

一方、今もアメリカだけでなく世界中で記憶《きおく》され、影響《えいきょう》を与《あた》え続けている、ある〈探偵《たんてい》〉を主人公とする小説が、全く別の場所で始まろうとしていたのです。

さっきの本屋さんから何ブロックか離《はな》れた駅前通り。ここはずっとにぎやかで、行き交う人たちも工場労働者や商店の店員、サラリーマンが主体です。女性《じょせい》の姿《すがた》も多いですが、高級ファッションとは縁《えん》がなさそう。あと、粗末《そまつ》な身なりの子供《こども》たちが、元気いっぱい走り回っています。

本屋はなさそうですね。いえ、それでいいのです。目指すのはあそこ——道ばたに店を出しているニューススタンドなんですから。

ニューススタンドというからには、売っているのは新聞が主体。しかしそれ以上に目立つのはびっしりと並《なら》べられ、ぶら下げられた雑誌《ざっし》です。さっきの本屋を飾《かざ》っていたのとは違《ちが》い、薄《うす》っぺらで紙の質《しつ》も悪く、ケバケバしい表紙をつけた読物雑誌《よみものざっし》——パルプマガジンというのが呼《よ》び名です。

何よりの特徴《とくちょう》はその表紙絵です。それさえ見れば、冒険《ぼうけん》ものか恋愛《れんあい》ものか歴史ものか戦争ものかスポーツものか怪奇《かいき》ものか、すぐわかります。中でも人気の高いのは西部《ウエスタン》ものだということも。

今から思えば、先住民であるアメリカ・インディアンを滅《ほろ》ぼし、彼らの土地を奪《うば》い取ってきたに過《す》ぎないのですが、当時は輝《かがや》かしい祖国《そこく》の歴史であり、自分たちのおじいさんやおばあさんたちが体験《たいけん》したドラマでもありました。

カウボーイや牧場、酒場《サルーン》や荒《あら》くれ男、保安官《ほあんかん》らが織《お》りなす西部開拓《かいたく》時代を描《えが》いた物語は、ちょうど日本の時代劇《じだいげき》のように愛されてきたのです。

でも、それはあくまで昔々のお話。現代《げんだい》もので、それと並んで目立つのは、ピストルを構《かま》えスーツを着た探偵や犯罪者《はんざいしゃ》を描いた表紙のパルプマガジン。つまりアクション探偵小説《たんていしょうせつ》の雑誌ですが、その中でも評判《ひょうばん》の「ブラック・マスク」の今月号の表紙には、デカデカとこう書いてありました。

THE MALTESE FALCON By DASHIELL HAMMETT

――『マルタの鷹《たか》』ダシール・ハメット作と。

この粗悪《そあく》な紙に刷った安っぽい雑誌《ざっし》で、連載《れんさい》が始まった小説が、古典としていつまでも読み続けられると予想したものは、まだあまりいなかったかもしれません。でも、この作品がとてつもない迫力《はくりょく》とスリルを秘《ひ》めていて、読むものの目をみはらせる斬新《ざんしん》な作品であることは、すでにパルプマガジンの読者の間で評判《ひょうばん》になっていました。

ダシール・ハメットは一八九四年、アメリカのメリーランド州に生まれました。父親は民主党員《みんしゅとういん》で、治安判事《ちあんはんじ》という要職《ようしょく》についていましたが、政治的《せいじてき》野心から共和党《きょうわとう》に寝返《ねがえ》ったせいで地元を追われ、フィラデルフィアに移《うつ》った一家は困窮《こんきゅう》します。十四歳《さい》のときから働きに出、さまざまな仕事を転々とします。たまたま見つけた内容のはっきりしない求人広告に引かれて行ってみると、そこは何とアメリカじゅうに支社《ししゃ》を持ち、かつてはリンカーン大統領《だいとうりょう》の護衛《ごえい》をしたことでも有名なピンカートン探偵社《たんていしゃ》でした。

一九一五年というから二十歳そこそこで、そこの探偵となったハメットは、さまざまな事件《じけん》を扱《あつか》います。ハメットと後半生をずっと共にした女流作家リリアン・ヘルマンは、彼《かれ》の頭と足にひどい傷跡《きずあと》が残っているのを見たと言いますから、決して楽な仕事ではなかったに違《ちが》いありません。しかも、ピンカートン社は企業《きぎょう》からの依頼《いらい》で労働運動をつぶす仕事も請《う》け負っており、有名作家になってから〝赤狩《あかが》り〟で投獄《とうごく》されたハメットとしては複雑《ふくざつ》な思いだったでしょう。

第一次大戦に従軍《じゅうぐん》した際《さい》に肺《はい》の病気になり、復員後《ふくいんご》いったんは探偵社に復帰《ふっき》しますが、やがて退職《たいしょく》して物書き業をめざします。さまざまな雑誌に原稿《げんこう》を売りこむうちに出会ったのが「ブラック・マスク」でした。

小説雑誌《しょうせつざっし》「ブラック・マスク」は、もともとは平凡《へいぼん》なパルプマガジンでしたが、やがて薄汚《うすぎたな》い現実《げんじつ》の犯罪《はんざい》やダークな人の心を非情《ひじょう》なタッチで描《えが》くミステリーが主流となってゆきます。いつしかそうした作品は、固ゆでの卵《たまご》を意味する〝ハードボイルド〟と呼《よ》ばれるようになりました。

本職《ほんしょく》の私立探偵《しりつたんてい》だったハメットにとっては、ぴったりの舞台《ぶたい》でした。一九二二年に最初の短編《たんぺん》が掲載《けいさい》されたあと、コンチネンタル探偵社《たんていしゃ》の探偵《オペラテイヴ》（ピンカートン社では探偵《ディテクテイヴ》ではなく、そう呼《よ》んでいました）で、〝コンチネンタル・オプ〟と呼ばれる名の無い男のシリーズを始め、やがて彼《かれ》を主人公にした『血の収穫《しゅうかく》』『デイン家の呪い』が大きな反響《はんきょう》を呼びます。

それらに続いて連載《れんさい》されたのが『マルタの鷹《たか》』でした。

舞台はサンフランシスコ、主人公は私立探偵サム・スペード。どうやら裏《うら》であくどいことをやっているらしい相棒《あいぼう》のマイルズ・アーチャーと、共同で探偵事務所《たんていじむしょ》を営《いとな》んでいます。

ある日、彼らのもとを訪《たず》ねてきた美女。ミス・ワンダリーと名乗った彼女《かのじょ》は、妹がサースビーという男と駆《か》け落ちしたらしいので、その男を捜《さが》してほしいと依頼《いらい》します。

どうやら、依頼人《いらいにん》に下心を抱《いだ》いたらしいアーチャーがその仕事を引き受けるのですが……真夜中、スペードにもたらされたのは、相棒が何者かに射殺《しゃさつ》されたという知らせでした。

ほどなくサースビーなる男も死体で発見。実はアーチャーの妻《つま》とこっそりつきあっていたスペードは、いやおうなく事件《じけん》に巻《ま》きこまれてゆきます。ワンダリーと名乗った依頼人の名は、ブリジット・オショーネシー。妹の話も何もかも嘘《うそ》でした。

さらにスペードの周囲に怪《あや》しげな男たちが出没《しゅつぼつ》し、これまでの殺人の背後《はいご》には、一羽の黒い鳥——十六世紀に作られ、無数の宝石《ほうせき》をちりばめた黄金の鷹像《たかぞう》があることがわかってくるのです……。

物語は終始、サム・スペードの視点《してん》で語られながら、作者は誰《だれ》の心にも入ってゆかず、ただ目に見え耳に聞こえることだけを記してゆきます。読者は主人公のスペードが何を考えているかさえ、わからないのです。私《わたし》たちが現実世界《げんじつせかい》に生きるそのままのもどかしさと不安が、異様《いよう》なサスペンスを呼び、読者は悪意と暴力《ぼうりょく》に満ちた都会の迷路《めいろ》を引きずり回されてゆくばかりです。

この作品が、どうして不滅《ふめつ》の傑作《けっさく》として今日まで生き残ってきたのか。日本人であるわれわれにはわかりづらいことですが、富裕階級《ふゆうかいきゅう》を除《のぞ》く、当時の一般的《いっぱんてき》アメリカ人たちがあえぎあえぎ生きていた現実《げんじつ》を、気取らないナマの言葉で容赦《ようしゃ》なく描《えが》き出したからでしょう。実際《じっさい》に探偵《たんてい》であった作者ハメットであればこそ、読者の大半がうすうす存在《そんざい》を感じながら、決して触《ふ》れることのできない社会の暗黒面を、そこにうごめくものたちを引きずり出すことができたのです。

それでいて、決して現実そのままではない私立探偵《しりったんてい》サム・スペードの造形《ぞうけい》。彼《かれ》の手はとうに汚《よご》れ、冷酷《れいこく》で暴力的《ぼうりょくてき》で、女にも手が早く、目的のためには手段《しゅだん》を選ばない男ですが、しかし奥底《おくそこ》には譲《ゆず》れないプライドがある。ハメット自身の言葉によれば――

サム・スペードにはモデルがいない。私《わたし》と同じ釜《かま》の飯を食った探偵たちの多くがかくありたいと願った男、少なからぬ数の探偵たちが時にうぬぼれてそうあり得たと思いこんだ男、という意味で、スペードは夢想の男《ドリーム・マン》なのである。なぜなら、ここに登場する私立探偵（少なくとも私の十年前の同僚《どうりょう》たち）は、シャーロック・ホームズ風の謎々《なぞなぞ》を博識《はくしき》ぶって解《と》こうとはしたがらない。彼は、いかなる状況《じょうきょう》も身をもってくぐりぬけ、犯罪者《はんざいしゃ》であろうと罪《つみ》のない傍観者《ぼうかんしゃ》であろうと、はたまた依頼人《いらいにん》であろうと、かかわりをもった相手に打ち勝つことのできるハードな策士《さくし》であろうと望んでいる男なのである。

（小鷹信光訳《こだかのぶみつやく》）

ここにアメリカは、シャーロック・ホームズとは全く別の〈探偵〉を生み出すことができました。それは彼らが愛し、ずっと語り伝えてきたヒーロー――無法の街に現《あらわ》れて独《ひと》り悪と戦い、善良《ぜんりょう》な人々《ひとびと》を守る西部の拳銃使《ガンマン》いが、二十世紀の大都会に生まれ変わった姿《すがた》でもありました。

大恐慌《だいきょうこう》をはさんでアメリカ社会はさらに激変《げきへん》し、読書界ではハメットのブレイクと並行《へいこう》してヴァン・ダインの凋落《ちょうらく》が静かに始まっていました。

実は、この二人の作家には奇妙《きみょう》な因縁《いんねん》がありました。

ヴァン・ダインの正体は、美術評論家《びじゅつひょうろんか》のウィラード・ハンティントン・ライトでした。若《わか》くして雑誌《ざっし》「スマート・セット」の編集長《へんしゅうちょう》に抜擢《ばってき》された彼でしたが、第一次世界大戦で敵国《てきこく》となったドイツの芸術文化《げいじゅつぶんか》を積極的に紹介《しょうかい》したことから、スパイ扱《あつか》いされて職《しょく》を失ってしまいます。

さらに莫大《ばくだい》な借金を背負《せお》ったうえに、薬物中毒にかかり、どうしようもなくなったところで考えついたのが、そろそろアメリカでも人気の高まり始めた探偵小説《たんていしょうせつ》を書いてお金を稼《かせ》ぐことでした。

このとき彼《かれ》が書いた作品が、優《すぐ》れたものであったことは確《たし》かです。それをより売り出そうと出版社《しゅっぱんしゃ》の宣伝部《せんでんぶ》がでっちあげたのが、あの「とても有名でえらい人の匿名《とくめい》」だの「知的な活動を突《つ》きつめた結果、神経《しんけい》を病んでしまって療養生活《りょうようせいかつ》」だの「二年間で二千冊《せんさつ》も読んでしまった」といったデタラメの経歴《けいれき》だったのです。もうこの時代、作家もタレントのようなものであり、何より商品となっていたのです。

ハメットが活躍《かつやく》した「ブラック・マスク」は、実は高級すぎて売れない「スマート・セット」の赤字を埋《う》めるために創刊《そうかん》された雑誌《ざっし》でした。そして、ヴァン・ダインの『ベンスン殺人事件《さつじんじけん》』をコテンパンに酷評《こくひょう》した書評家《しょひょうか》とは、実は作家修業中《さっかしゅぎょうちゅう》のハメットだったのです！

ファイロ・ヴァンス・シリーズで巨万《きょまん》の富《とみ》を得たヴァン・ダインは、やがて酒におぼれて創作《そうさく》意欲《いよく》を失い、映画会社《えいががいしゃ》とタイアップしたような作品ばかりを書くようになります。

一九三九年、せっかくためたお金を使い果たし、五十歳《さい》の若《わか》さで彼が亡《な》くなったとき、フィギュアスケート出身の女優《じょゆう》ソニア・ヘニーを念頭に置いた『ウインター殺人事件』の原稿《げんこう》を残していました。しかし、ハリウッドのプロデューサーは「死んだ流行作家に用はない」とばかりに、あっさり企画《きかく》を捨《す》て、ヴァン・ダイン原作の映画のために集めたスタッフ・キャストを流用して「銀嶺《ぎんれい》セレナーデ」という全然別の音楽コメディ映画を作ってしまったのでした……。

一方、ダシール・ハメットにも皮肉な運命が待っていました。

『マルタの鷹《たか》』で一躍認《いちやくみと》められ、売れっ子になった彼は、魅力的《みりょくてき》な長編《ちょうへん》『ガラスの鍵《かぎ》』のほか、多くの短編《たんぺん》を書き続けます。

そして、一九三四年に発表された『影《かげ》なき男』は、これまで以上の大ベストセラーになりました。

この小説は、単行本になる前に「レッドブック」という家庭向け雑誌にダイジェスト版《ばん》が掲載《けいさい》されたのですが、これは「ブラック・マスク」のようなパルプマガジンとは大違《おおちが》いでした。

紙の質《しつ》もいいですし、内容《ないよう》も家族で安心して読めるもの。何より原稿料《げんこうりょう》が段違《だんちが》いでした。こうした雑誌《ざっし》に作品が載《の》るということは、作家としてレベルアップしたということでした。

『影《かげ》なき男』で探偵役《たんていやく》をつとめるのは、大酒のみの引退《いんたい》した私立探偵《しりつたんてい》ニック・チャールズと、その奥《おく》さんで大金持ちのノラ。これはすぐに映画化《えいがか》され、日本でも公開されるなど大ヒットしました。ニック・チャールズを演《えん》じたのは、ウィリアム・パウエル――何とあのファイロ・ヴァンス役をやった映画スターでした。

あのサム・スペードやコンチネンタル・オプのような非情《ひじょう》さや暴力《ぼうりょく》は、もうここには見られません。『影なき男』の単行本カバーには、ステッキを持ちポーズを取った著者《ちょしゃ》ハメットの写真がかかげられていますが、『マルタの鷹《たか》』だったら考えられないことだったでしょう。

なお原題は『やせた男《ザ・シン・マン》』といって、事件《じけん》の中心になる行方不明になった科学者のことなのですが、いつのまにかニック・チャールズを指す言葉になってしまい（主演《しゅえん》のパウエルがスマートな体形だったからでしょう）、その後も続々とシリーズ作品が作られました。まるで、同じパウエルが演じたファイロ・ヴァンス・シリーズの映画とそっくりに。

でも、原作小説はたった一冊《さつ》きりです。というか、これに続く長編《ちょうへん》はありません。というのも、ダシール・ハメットはこの作品を最後に、ただの一編《いっぺん》も小説を書くことができなくなったからです。

先にも書いたリリアン・ヘルマンは、いっしょに暮《く》らしていた間、ハメットが毎日、何かを書こうとしていた姿《すがた》を見たといいます。でも、ついにそれは完成することはなかったのです――一九六一年に六十六歳《さい》で亡《な》くなるまで二十七年間にわたり、ただの一作も！

それがどれほど苦しいことかは、簡単《かんたん》に想像《そうぞう》できるでしょう。その後のハメットは、探偵時代《たんていじだい》に労働者の苦しい生活や、彼《かれ》らへの残酷《ざんこく》な仕打ちを見聞きしたことから、社会運動への参加を始めます。

第二次世界大戦後《せんご》、〝赤狩《あかが》り〟の嵐《あらし》が吹《ふ》き荒《あ》れる中で、多くの無実の人々がアメリカへの反逆《はんぎゃく》の罪《つみ》で裁《さば》かれ、仲間や友人を売るよう嘘《うそ》の証言《しょうげん》を強いられました。

多くの人がおどしに屈《くっ》したり、沈黙《ちんもく》してしまう中で、ハメットは自ら裁判所《さいばんしょ》に出頭し、あくまで自分の信念を貫《つらぬ》いて証言をこばんだために、刑務所《けいむしょ》に入れられてしまいます。このことは、若《わか》いころ肺《はい》を病んだハメットの健康を、さらにそこねる結果となりました。

その作家生活は、十年ちょっとに過《す》ぎませんでしたが、それをふくめた人生で自分の信念を貫きとおしたことは、それ自体がハードボイルドそのもの。どれほど過酷《かこく》な状況《じょうきょう》に追いこまれても、どれほど自分にも他人にも残酷《ざんこく》なことをするはめになっても、決して自分を見失わないサム・スペードのような生き方だったといえるかもしれません。

街角のニューススタンドに山積みにされ、駄菓子《だがし》のように売りさばかれたパルプマガジンに何枚《なんまい》かのコインを支払《しはら》った人々は、おそらくヒーローたちの華麗《かれい》な冒険《ぼうけん》を期待していたことでしょう。そこに一時の快楽《かいらく》と、味気ない日常《にちじょう》からの逃避《とうひ》を求めていたことしょう。

そんな中で、サム・スペードのような〈探偵《たんてい》〉は、より自分たちに近い、リアルな存在《そんざい》に思えたのではないでしょうか。ニューススタンドや、そこで買った雑誌《ざっし》を読んでいる自分たちと直接《ちょくせつ》地続《じつづ》きな世界にいる存在と感じられたのではないでしょうか。

まるで戦場のような緊張感《きんちょうかん》に満ち、食うか食われるか、いつ出し抜《ぬ》かれ、踏《ふ》みつけにされるか一瞬《いっしゅん》の油断《ゆだん》もならない都市空間――『マルタの鷹《たか》』をふくむある種のミステリーは、そうした中で生きのびようとした人々の姿《すがた》までよみがえらせてくれるようです。

◆出典――『マルタの鷹〔改訳決定版〕』（ハヤカワ・ミステリ文庫）小鷹信光 訳　2012

三冊目

『オリエント急行《きゅうこう》の殺人《さつじん》』

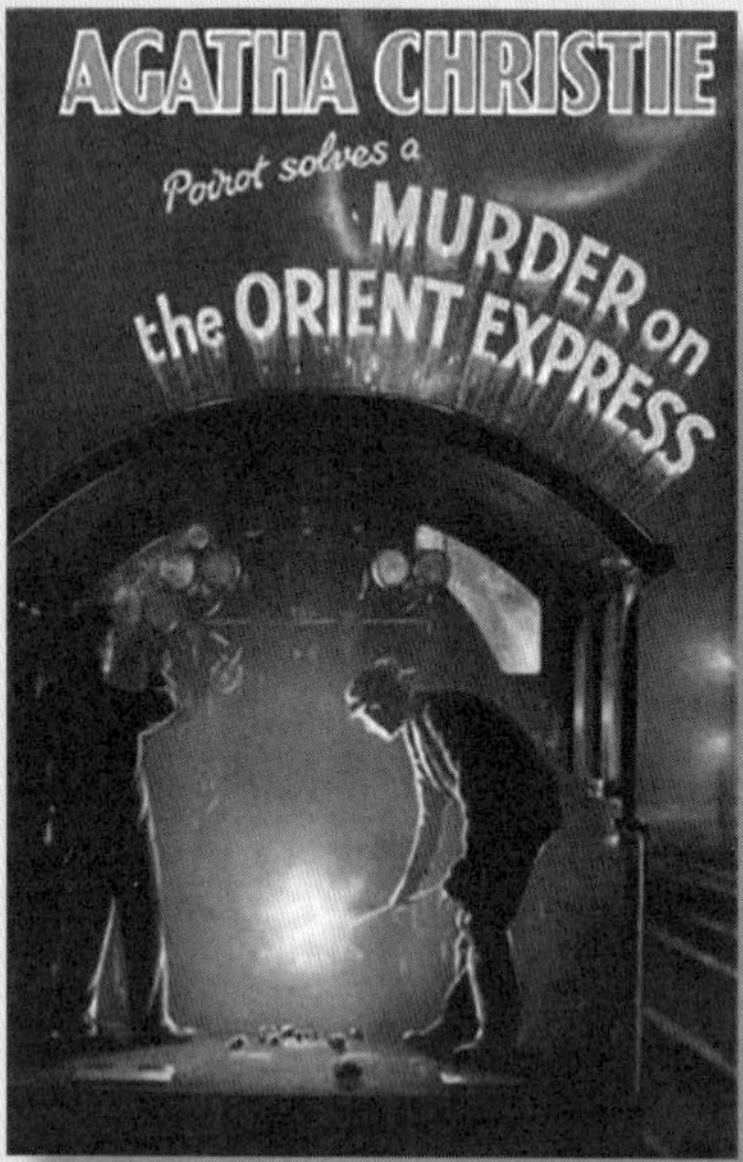

『オリエント急行の殺人』原書《げんしょ》 初版本《しょはんぼん》
1934年

警告《けいこく》！　この本では絶対《ぜったい》にネタバレ（犯人《はんにん》やトリック、結末などを明かしてしまうこと）はしませんが、もしこの章を読んでアガサ・クリスティの作品に興味《きょうみ》を持ったら、なるべく早く『オリエント急行の殺人』と『アクロイド殺し』（アクロイド殺害事件《さつがいじけん》）、それに『そして誰《だれ》もいなくなった』は読んでしまってください。

でないと、いずれどこからか事件の真相を教えられてしまい、一生に何度もなさそうな驚《おどろ》きのチャンスを失ってしまうことになりかねません。どうもクリスティの作品を読んだ人は、「あっ、やられた！」というショックを他人に伝えたくてたまらなくなるようで、まだ読んでいない人からすると、油断《ゆだん》もすきもあったものではないのです。

何を隠《かく》そう、私《わたし》もそうした人たちに被害《ひがい》を受けた一人なのです。そして同じ目にあった人はいっぱいいるのです。

ミステリーでは、読む前にネタバレをされないよう注意しないと、せっかくの楽しみがふいになってしまうのは当たり前のこと。なのにクリスティの作品についてだけ、ことさらそんな注意をしないといけないのか――それはたぶん、この章を読んでいただければわかることでしょう。

さて……ここでちょっと想像《そうぞう》してみてください。自分は今、まるでホテルのようにきらびやかな列車に乗って、窓《まど》の外を流れる見知らぬ国の風景をながめているのだと。ふりかえれば、まわりにいるのは、古風ないでたちをした紳士《しんし》やレディたちばかりで、それも外国人ばかり。どうやら八十年ばかりタイムスリップしてしまったらしい――と。

そう、みなさんが今乗っているのは、トルコの古都イスタンブールを発って、フランス一の港町カレーへと向かう特別急行。正式名を「シンプロン・オリエント急行」という豪華《ごうか》な寝台列車《しんだいれっしゃ》なのです。

もうもうと煙《けむり》を上げ、力強い動輪の響《ひび》きとともに、どこまでも続く鉄路を走る蒸気機関車《じょうききかんしゃ》――そこにつながれた車両の中に、ひときわ美しく、広々とした寝台車《しんだいしゃ》と食堂車、それに専用《せんよう》の荷物車があります。

予約した乗客以外は、立ち入ることさえできません。そのかわり、とびきり高い料金を払《はら》いさえすれば、至《いた》れり尽《つ》くせりのサービスと、一流ホテル並《な》みの食事を楽しむことができ、列車の中とは思えないゆったりしたベッドで眠《ねむ》れるのです。

そうしている間に、ヨーロッパを横断《おうだん》する二千何百キロもの旅をすませてしまえるのですから、まるで夢《ゆめ》のような話です。

日本でいうと、まだ昭和の初め。もちろん、すでに飛行機はありましたが、旅の主流はまだまだ鉄道と船でした。とりわけお金持ちや貴族《きぞく》たちにとって旅行とは、時間をかけてゆったりと、極上の食事や風景を楽しみながら行くものだったのです。

オリエント急行には、時代によっていくつものルートがあるのですが、この「シンプロン・オリエント急行」は、トルコ―ブルガリア―ユーゴスラビア（現在《げんざい》はスロベニア、クロアチア、ボスニア・ヘルツェゴビナ、セルビア、コソボ、モンテネグロ、マケドニアの七か国に分かれています）―イタリア―スイス―フランスと六つの国を、三日間かけて通ってゆきます。

これを反対方向から見ると、西ヨーロッパから東ヨーロッパへ、そしてアジアの西端《せいたん》にたどり着くわけですから、まさに東方《オリエント》へと向かう急行。本で読み、絵でしか見たことのない異国《いこく》へと、乗っているだけで連れて行ってくれる夢《ゆめ》の列車だったのです。

実は、人々が楽に、そして安全に旅行ができるようになったのは、そんなに昔のことではありませんでした。十九世紀になって、みるみるうちに国じゅうに線路が敷《し》かれ、あちこちにホテルが建てられ、トーマス・クックのような旅行社ができて、ようやく誰《だれ》にでも可能《かのう》になったのです。

誰にでも、といっても、お金さえあればの話ですが、このカレー行き寝台急行《しんだいきゅうこう》にも実にさまざまな人々が乗っていました。

アメリカ人の老実業家。

その秘書《ひしょ》として働く青年。

同じくその執事《しつじ》をつとめる中年男。

インド帰りのイギリス人陸軍大佐《りくぐんたいさ》。
イギリス人の女性家庭教師《じょせいかていきょうし》。
革命《かくめい》のためフランスに亡命《ぼうめい》した元ロシアの公爵夫人《こうしゃくふじん》。
公爵夫人につかえるドイツ人の家政婦《かせいふ》。
おしゃべりで陽気なアメリカ人女性。
外交官をしているハンガリーの伯爵《はくしゃく》。
その妻《つま》である伯爵夫人《はくしゃくふじん》。
アメリカ人セールスマン、実は私立探偵《しりつたんてい》。
イタリアからアメリカに帰化した自動車販売業者《じどうしゃはんばいぎょうしゃ》。
フランス人の車掌《しゃしょう》。
そして、今はイギリスで活躍《かつやく》しているベルギー人の名探偵《めいたんてい》。

まるで当時の欧米《おうべい》の縮図《しゅくず》のような顔ぶれではありませんか。そうして、彼《かれ》らを乗せた列車がユーゴスラビア領内《りょうない》で雪のため立ち往生《おうじょう》した朝、このうちの一人が死体となって発見されるのです。まちがいなく、これは殺人。しかも、犯人《はんにん》はこの中にいるようです。おなじみのエルキュール・ポワロ（ポアロとも書きます）の捜査《そうさ》が開始され、前夜のできごとがきめ細かに調べられ、さまざまな証拠品《しょうこひん》が見つかります。

はたして犯人は誰《だれ》か――この物語『オリエント急行の殺人』は、まっすぐにそこだけをめざして進んでゆきます。みなさんもきっと、名探偵《めいたんてい》ポワロといっしょに考えてみたくなるでしょう。この中にいるはずの殺人者は、いったい誰なのか？

でも、用心してください。もうすでに、作者アガサ・クリスティのたくらみは始まっているのです。彼女《かのじょ》がしかけた罠《わな》にはまらないように、どうかご用心、ご用心！

『オリエント急行の殺人』が発表されたのは一九三四年。クリスティの長編小説《ちょうへんしょうせつ》としては十四作目、名探偵エルキュール・ポワロ・シリーズとしては八冊目《さつめ》に当たります。このほかに、短編《たんぺん》がいくつもありますから作品数はもっと増《ふ》えますが、のちに「ミステリーの女王」と呼《よ》ばれることになる彼女の実績《じっせき》に、また新たな一冊を加えたと言っても言い過《す》ぎではありませんでした。

彼女のデビューは一九二〇年、『スタイルズ荘《そう》の怪事件《かいじけん》』。コナン・ドイルがシャーロック・ホームズを創《つく》り出したイギリスは、そのときすでにミステリーの先進国となっていました。ホームズに続く名探偵たちが続々誕生《たんじょう》したことは、すでに紹介《しょうかい》しましたが、続いて優《すぐ》れた長編ミステリーが書かれるようになっていったのです。それは、コナン・ドイルもうまく書くことのできなかった、一冊分《さつぶん》の物語の中にしっかりと謎解《なぞと》きを張《は》りめぐらしたものでした。

伝統的《でんとうてき》な中流家庭に生まれ、文学や音楽に親しんだクリスティでしたが、二十三歳《さい》のときに始まった第一次世界大戦は世の中を一変させてしまいます。飛行機、戦車、毒ガス……残酷《ざんこく》な新兵器が次々現《あらわ》れた戦争のさなか、彼女は看護師《かんごし》として働き、さらに薬局に勤務《きんむ》したことで毒物にくわしくなるのですが、これは平和な時代に育ったお嬢《じょう》さんなら考えられないことでした。

もともと小説は書いていたのですが、こうした体験《たいけん》がたぶん影響《えいきょう》したのでしょう、戦後《せんご》になると探偵小説《たんていしょうせつ》を書き始めました。いくつもの出版社《しゅっぱんしゃ》から断《ことわ》られたあと、デビューを果たしてからは、順調に作品を書き続け、とりわけ一九二六年の『アクロイド殺し』は、読んだ人の度肝《どぎも》を抜《ぬ》くような意外さで、この結末のつけ方はフェアではないのではないかと議論《ぎろん》になりました。

イギリスでは、すでにたくさんの長編《ちょうへん》ミステリーが書かれていた中で、クリスティの作品はきわめて斬新《ざんしん》でした。それは、作者と読者、さらには探偵と犯人《はんにん》の関係を変えてしまったことです。

たとえば、『緋色《ひいろ》の研究』の章でとりあげたシャーロック・ホームズの物語では、まず犯人がいて、そいつが何か悪事を働いた結果、それが奇妙《きみょう》な出来事となって表われ、探偵がその謎《なぞ》を解《と》き明かします。

一方、読者は、作者が描《えが》く事件《じけん》のなりゆきと探偵の推理《すいり》を見守り、ときには探偵に先んじて謎を解こうとしたりします。『マルタの鷹《たか》』の章でとりあげたサム・スペードも、物語の感じはずいぶん違《ちが》いますが、ほぼ同じようなことです。

同じ章でとりあげたヴァン・ダインのファイロ・ヴァンス・シリーズになると、犯人が探偵をだますための仕掛《しか》けをします。みなさんもたぶんご存《ぞん》じの「トリック」ですね。これには、いろんな種類があります。

犯罪《はんざい》の行われた場所には、誰《だれ》も入ることができなかったし、かりに入ったとしても出ることはできなかったとする「密室《みっしつ》トリック」、犯罪の起きた時刻《じこく》には、遠く離《はな》れた場所にいたから、絶《ぜっ》対《たい》に間に合わなかったとする「アリバイトリック」、変装《へんそう》して別人に化けたりする「一人二役トリック」など、数えきれないほどたくさんあり、作家たちは絶《た》えず新しいトリックを作り出して読者を驚《おどろ》かせようと苦心しているのです。

ここからちょっとややこしい話をしますが、作家が思いついたトリックを使うのは、小説の中の犯人ですよね。そしてそれは、探偵をあざむくためのトリックであり、その結果、読者もいっしょにだまされて、犯人の正体がわからなくなってしまうわけです。

つまり、読者は客席にいて、舞台《ぶたい》の上でくりひろげられる探偵と犯人の戦いを見ているようなもの。ところが、クリスティの作品は違《ちが》うのです。

彼女《かのじょ》が描《えが》く犯人《はんにん》は、確《たし》かにトリックを用いて探偵《たんてい》をあざむこうとするのですが、作者はそれよりもまず読者をだまそうとするのです。舞台《ぶたい》のたとえでいうと、客席をじかに巻《ま》きこんでしまおうとするかのように。

どういうことかというと、アガサ・クリスティは、読者をだまし、びっくりさせることを最優《さいゆう》先《せん》にして、小説の中の犯人に計画を立てさせるのです。それはもちろん、小説の中の探偵を迷《まよ》わせ、推理《すいり》を困難《こんなん》にするのですが、それ以上に、読者に最大の驚《おどろ》きを感じさせるのが目的となっているのです。

デビュー作『スタイルズ荘《そう》の怪事件《かいじけん》』からして、そうでした。

お話の中で起きるのは、いかにもありがちな田舎《いなか》のお屋敷《やしき》での殺人で、ヘイスティングス大尉《たいい》という人物が「私《わたし》」という語り手兼《けん》ワトスン役になるのも、当時のよくあるパターンです。

探偵役《たんていやく》のエルキュール・ポワロが、第一次世界大戦のため故国《ここく》ベルギーからイギリスに渡《わた》ってきたという設定《せってい》には、当時の世相を感じますが（実際《じっさい》、クリスティはそういう人たちをたくさん見たそうです）、風変わりで気取った、警察官《けいさつかん》ではない探偵《たんてい》というのも、それほど珍《めずら》しいものではありませんでした。

ところが、そのつもりで読んでいると、最後に驚くことになります。作中の犯人が起こした事件そのものもなかなか難《むずか》しいのですが、読者の「これはいつものパターンだな」という思いこみが、うまく利用されているのです。

『アクロイド殺し』も、この『オリエント急行の殺人』もそうなのです。ほかのミステリーで、ついうっかり犯人や真相を知ってしまっても、まぁ何とか読み進むことができますが、クリスティの場合は、それらを伏《ふ》せるための仕掛《しか》けが小説まるごとを支《ささ》えているので、とてもつらいことになってしまうのです。

だから、最初に言ったでしょう――アガサ・クリスティの名作と呼《よ》ばれるものは、なるべく早く読んでしまわないと、ネタバレをくらって悲しい目にあいますよ、と。

そうだ、あと一つ『検察側《けんさつがわ》の証人《しょうにん》』というのがあるのですが、これはクリスティ自身による小《しょう》説版《せつばん》・戯曲版《ぎきょくばん》があり、「情婦《じょうふ》」という日本公開タイトルで映画《えいが》になっているのですが、これも出会ったら、すぐ読むなり見るなりしておかないと後悔《こうかい》しますよ、と言っておきます。

そんなアガサ・クリスティの作家としてのすごさは、三十歳《さい》でデビューしてから八十五歳で亡《な》くなるまでに、絶《た》え間なく作品を書き続け、しかも安定したレベルを保《たも》ち続けたことです。その中には、複雑怪奇《ふくざつかいき》な謎《なぞ》を名探偵《めいたんてい》があざやかに解《と》き明かす、いわゆる「本格《ほんかく》ミステリー」のほかに、冒険《ぼうけん》ものやスパイ・スリラー、幻想的《げんそうてき》な作品なども多数ふくまれています。

その人気もまた素晴《すば》らしいもので、全世界での総《そう》売り上げは十億部。「聖書《せいしょ》とシェークスピアの次に読まれた作家」とさえ言われています。あの長寿《ちょうじゅ》テレビアニメの「サザエさん」でさえ、原作ではクリスティの愛読者ということになっているのですから、びっくりですね。

彼女《かのじょ》の小説は、映画化《えいがか》・テレビ化された数でも飛び抜《ぬ》けていますが、これは単に評判《ひょうばん》が高いからだけでなく、お話としてよくできているためでしょう。ミステリーは複雑な内容《ないよう》をふくむだけに、そのまま映像化《えいぞうか》しても面白くなりにくい場合が多いのですが、クリスティはその数少ない例外となっています。

彼女が生み出した名探偵も、愛すべきエルキュール・ポワロだけではありません。いかにもイギリスの老婦人《ろうふじん》という感じですが、優《やさ》しく知恵《ちえ》のあるおばあちゃんということでは、どこの国の人間にとっても懐《なつ》かしいミス・マープル、冒険《ぼうけん》好きのトミーとタペンス夫妻《ふさい》、不思議《ふしぎ》なクィン氏、身の上相談所を開いているパーカー・パイン、頼《たの》もしいバトル警視《けいし》……。

その一方で、名探偵のいない『そして誰《だれ》もいなくなった』や、冒頭《ぼうとう》からぐいぐい引っ張《は》られる戯曲『招《まね》かれざる客』も書いているのですから、読者としては感嘆《かんたん》かつ感謝《かんしゃ》するほかありません。

それらの作品の舞台《ぶたい》は、貴族《きぞく》の邸宅《ていたく》やのどかな田園都市だったりしますし、登場人物も紳士《しんし》やレディ、執事《しつじ》やメイドであったりして、古き良き時代のイギリスの雰囲気《ふんいき》をたっぷりと味わうことができます。エキゾチックな異国《いこく》の地もしばしば描《えが》かれますが、そこには、かの国が大英帝国《だいえいていこく》と呼《よ》ばれた時代の威光《いこう》のようなものも感じられます。

でも、よく読んでみると、彼女《かのじょ》の作品には二度の戦争をはさんで変わってゆくイギリス社会のようすがとらえられています。また、ミステリー作家としても脱皮《だっぴ》や成長をくりかえし、新たなスタイルに挑戦《ちょうせん》していったことを忘《わす》れてはなりません。

さきほど、クリスティの作品は、まず何より読者を驚《おどろ》かせることを第一に組み立てられているという意味のことを言いました。その姿勢《しせい》そのものには、ずっと変わりはなかったのですが、やり方がより巧《たく》みになっていったのです。

読者を驚かせるために、ひたすら奇抜《きばつ》なトリックを作中の犯人《はんにん》に使わせたとします。この度が過《す》ぎると、犯人は自分の身を守るだけでいいのに、何でそんなよけいなことをするのか、ということになりかねません。まるで、事件《じけん》を探偵小説《たんていしょうせつ》として面白くするために、犯人が無理をしているようなことにもなりかねないのです（これは、クリスティ以外の作家に、むしろ言えることですが）。

たとえば『オリエント急行の殺人』の次の次の長編《ちょうへん》『三幕《さんまく》の殺人』（三幕の悲劇《ひげき》）では、連続殺人の動機《どうき》として、実にショッキングなものが挙《あ》げられています。探偵小説としてならギリギリ成立するけれども、犯人にとってみればリスクが大きすぎ、読んでいて実に危《あぶ》なっかしい感じがするのです。

一九三五年に発表された、さらに次の作品『雲をつかむ死』（大空の死）では、登場人物が変なことを言い出します。殺人の起きた飛行機の乗客に探偵作家がいるのですが、警部《けいぶ》が「この殺人、いかにも、へぼ作家が考えつきそうな、ばかばかしいやり口だ！」（加島祥造《かじましょうぞう》・訳《やく》）とぼやいたり、同じ飛行機に乗っていたポワロを「そういえば、小説じゃあ探偵が実は犯人だったたっていう筋《すじ》、よくありますよ」とからかったり、妙《みょう》に探偵小説を意識《いしき》しているようなことを言うのです。

探偵小説の中で、「この事件は探偵小説そっくりだ」と言うのも、何だかおかしな話ですが、これは、読者を驚かせることを優先《ゆうせん》して、あまりにも作り物めいた事件を作中で起こした結果、作中人物がその不自然さに気づき、ツッコミを入れたくなってしまったかのようです。

一九三六年の『ＡＢＣ殺人事件《さつじんじけん》』となると、これはもう人工美の極致《きょくち》です。実は、これは私《わたし》が最初に読んだクリスティ作品で、当時ミステリーのことをよくわかっていないままスルスルと読んでしまったのですが、ずっとあとになって、まるでアクロバットのように不可能《ふかのう》を可能にし、不自然さを自然に思わせた作品であることに驚《おどろ》いたのでした。

しかし、こうしたやり方には限界《げんかい》がありました。クリスティ自身は当然、そのことに気づいていて、小説の作り方を少しずつ変えてゆきます。

それは、登場人物の人間関係や日常《にちじょう》、心理をきめ細かく描《えが》き、そこにこっそりと真実への手がかりや、一見そうとは気づかせない矛盾《むじゅん》をまぎれこませておく——というもので、読者の心をゆさぶる大じかけはそのままに、語り口がはるかに巧《たく》みになったのです。

たとえば、第二次大戦後《せんご》に発表されたある作品では、何気なく読み過《す》ごしてしまった、物語の導入部分《どうにゅうぶぶん》に疑《うたが》いの目を向けることで、カタンカタンと全てが白から黒へと入れかわってしまう驚きを味わうことができます。

ミステリーの作家には、代表作を選ぼうとすると、初期の作品に集中してしまい、あとはそれほどでもないという人と、ずっと長く書き続ける間に、まんべんなく傑作《けっさく》をものにしている人があります。あとの方に属《ぞく》する作家は、例外なく作風を変化させ、新たな創作作法《そうさくさほう》を身につけている人たちばかりです。

その代表が、アガサ・クリスティであることは言うまでもありません。長編《ちょうへん》ミステリーだけで六十六冊《さつ》にもなる作品を少しずつでも読んでいけば、彼女《かのじょ》の努力と挑戦《ちょうせん》のあとをたどることができますし、何より探偵小説《たんていしょうせつ》、ミステリーというものに、これほどいろいろの可能性《かのうせい》があるということを知ることができるのです……あ、でも、この章で警告《けいこく》つきで紹介《しょうかい》した作品については、なるべく早く読んでしまってくださいね！

『オリエント急行の殺人』の登場人物リストを見ればわかると思いますが、アガサ・クリスティの作品では、しばしば人間は国籍《こくせき》や階級、職業《しょくぎょう》によってくっきりと色分けされ、服装《ふくそう》や言葉つき、知識教養《ちしききょうよう》、ものの考え方までもが型にはめられていました。

最初の章で書いたように、シャーロック・ホームズや、そのモデルとなったベル博士《はかせ》が、一目見ただけでその人の仕事や素性《すじょう》を言い当てることができたのは、そうした「型」がはっきりとあったからです。

でも、クリスティの探偵小説《たんていしょうせつ》では、人々《ひとびと》は表向きとは別の素顔《すがお》、別の本性《ほんしょう》を持っています。意外な人物が殺人犯《さつじんはん》であったり、激《はげ》しく憎《にく》みあっているように見える男女が、裏《うら》でしっかりと手を握《にぎ》り合っていたりします。

イギリスでとりわけきびしかった階級社会はゆっくりと崩壊《ほうかい》に向かい、人間を見た目や立場で単純《たんじゅん》に割《わ》り切ることはできなくなるのですが、クリスティは小説の中でその先取りをしていたのかもしれません。

そして、いっそう人間というものがつかみにくくなった現代《げんだい》、エルキュール・ポワロやミス・マープルが、もしいたとしたら、私《わたし》たちは彼《かれ》らのような名探偵《めいたんてい》の前にどんな風に見えるのか、ちょっと知りたくはなってきませんか？

四冊目

『獄《ごく》門《もん》島《とう》』

「宝石《ほうせき》」
1948年10月号
別冊付録《べっさつふろく》
『獄門島《ごくもんとう》』完結編

『獄門島』初版本《しょはんぼん》
（岩谷書店）
1949年

今から百五十年ほど前の明治維新《めいじいしん》は、日本という国の何もかもを変えてしまいました。頭からちょんまげがなくなり、一番いばっていた武士《ぶし》という階級がなくなり、学校や軍隊ができ、西洋風の建物が建ち並《なら》んだかと思うと、電信が引かれ、馬車が、やがて鉄道が走るようになりました。人々の暮《く》らしも、そうした時代の流れにつれ、どんどんと変わってゆきます。文学、小説といったものも、例外ではありませんでした。西洋文明が入ってくる以前の日常《にちじょう》や人情《にんじょう》をたんねんに描《えが》いたような作品や、歌舞伎《かぶき》の舞台《ぶたい》を小説に写したようなものは、次々と翻訳《ほんやく》される外国文学に押《お》し流され、変わってゆきます。

それらには、これまで日本人が知らなかった面白さと、スケールの大きさ、そして何より合理《ごうり》的精神《てきせいしん》がありました。私《わたし》たちが今読んでいる、日本を舞台にした時代小説や歴史小説も、実は西洋文学の影響《えいきょう》を強く受けた結果なのです。

明治時代、積極的に外国の小説を紹介《しょうかい》し、その面白さを日本人に伝えた一人に黒岩涙香《くろいわるいこう》（一八六二―一九二〇）という人がいます。新聞記者であり、のちには自分で新聞を発行したこの人は、読者を引きつけるために海外の小説を新聞に翻訳連載《ほんやくれんさい》したのですが、その際《さい》、こうした作品をまだ読みなれない日本人にわかりやすく直したり、短くちぢめたりしました。デュマの『モンテ・クリスト伯《はく》』を『巌窟王《がんくつおう》』、ユーゴーの『レ・ミゼラブル』を『噫無情《ああむじょう》』と訳《やく》したのもこの人です。

そんな涙香《るいこう》が紹介《しょうかい》した作品の中には、『緋色《ひいろ》の研究』の章で紹介したガボリオをはじめとする探偵小説《たんていしょうせつ》が、たくさんふくまれていました。スリルとサスペンスに満ちた推理《すいり》と冒険《ぼうけん》の物語は、毎日少しずつ読んでゆく新聞連載《しんぶんれんさい》にぴったりだったのです。

連載が終わったものは、やがて本になり、さらに多くの人に親しまれました。男性《だんせい》にも女性《じょせい》にも、年取った人にも若者《わかもの》にも、そしてもっと年若《としわか》い子供《こども》たちにも。

その中に、二人の少年がいました。

一人目は、名古屋《なごや》市《し》に住む平井太郎《ひらいたろう》——のちに江戸川乱歩《えどがわらんぽ》の名前で作家デビューし、名探偵《めいたんてい》・明智小五郎《あけちこごろう》の生みの親となり、日本の探偵小説の父とまで呼《よ》ばれる人物です。そして二人目が、彼《かれ》より八つ年下で、神戸市《こうべし》に住む横溝正史《よこみぞせいし》でした。

ともに運動の苦手ないじめられっ子だった二人は、本が大好きで読みふけるうち、探偵小説の面白さに気づきます。やがて、黒岩涙香《くろいわるいこう》の訳した作品に出会ったことから、ますます夢中《むちゅう》になりました。二人はそれぞれ貸本屋《かしほんや》や古本屋を回り歩き、やがて洋書まであさるようになります。

そのころには、涙香は探偵小説を書くのをやめていましたし、彼らを喜ばせるような作品は、ほとんど出版《しゅっぱん》されていなかったからです。

とくに横溝正史は中学時代に、いっしょに探偵小説を読んだり探《さが》したりする親友（この人は早くに亡《な》くなってしまうのですが）がいましたし、神戸が港町である関係で、外国船の船員や乗客が読み終えた本や雑誌《ざっし》が、大量に古本屋に出回っていたのです。

そのころか、それより前の探偵小説を読み始めた小学校時代のことでしょうか。横溝正史は、少年少女向けの本の前書きでこんな思い出を書いています。

私《わたし》は子供《こども》のときから、探偵小説《たんていしょうせつ》を読むのがたいへん好きでした。私のうちは薬屋でしたから夜などお店番をしながら、探偵小説をよみます。おもてにはたくさんのひとが、歩いています。それでいながら、探偵小説をよんでいると、せなかがぞくぞくと寒くなり、うしろにだれかいるような気がして、おりおりそうっとふりかえります。そのこわさがなんともいえぬほど楽しみなものでした。

（ポプラ社版《しゃばん》『幽霊鉄仮面《ゆうれいてっかめん》』1952 より）

家の手伝いをしながら探偵小説に熱中していた少年も、まさか自分がそれを一生の仕事にするとは思ってもみなかったでしょう。

横溝正史《よこみぞせいし》は、その後、薬剤師《やくざいし》の学校を出て（クリスティが病院の薬局で働いたのと似《に》ていますね）、自分の家を継《つ》いで働き始めます。その一方で、新しくできた「新青年《しんせいねん》」という雑誌《ざっし》に短い小説を投稿《とうこう》したりしていました。

のちに、日本のモダン文化を支《ささ》えることになるこの雑誌は、これまでにない新しい読物として、外国の新しい探偵小説をどしどし紹介《しょうかい》していたのです。

そしてついに大正十二年（一九二三）、「新青年」は一人の新人作家をデビューさせます。その名は江戸川乱歩《えどがわらんぽ》、作品のタイトルは「二銭銅貨《にせんどうか》」でした。

もちろん、それまで日本人で探偵小説を書いたものはいましたが、コナン・ドイルのシャーロック・ホームズ・シリーズをはじめとした西洋の新しい探偵小説を踏《ふ》まえ、こみいった事件《じけん》の謎《なぞ》を、きっちりとした推理《すいり》で解《と》き明かしていく作家は、彼《かれ》が初めてだったのです。

江戸川乱歩は当時、大阪《おおさか》に住んでおり、神戸《こうべ》の横溝正史とは探偵小説の熱心なファン同士であり、小説も書く仲間として知り合い、たちまち親友となりました。

大阪にいる間に、毎月のように短編《たんぺん》探偵小説の傑作《けっさく》を発表した江戸川乱歩は、大正十五年に東《とう》京《きょう》に移《うつ》ります。横溝正史も彼に誘《さそ》われる形で上京《じょうきょう》し、そのまま薬屋をやめて「新青年」の編集部《へんしゅうぶ》員《いん》となってしまいます。

そして、乱歩が傑作「陰獣《いんじゅう》」「パノラマ島奇譚《とうきたん》」を書いた際《さい》には、担当編集者《たんとうへんしゅうしゃ》として彼を助けましたし、そのころ黄金時代を迎《むか》えていた英米の探偵小説《たんていしょうせつ》を次々と雑誌《ざっし》に掲載《けいさい》したりもしました。のちに、日本の作家に大きな影響《えいきょう》を与《あた》えるエラリー・クイーンの長編《ちょうへん》を最初に紹介《しょうかい》したのも彼《かれ》です。

それらの作品は、とにかく謎解《なぞと》きに特化していて、活劇《かつげき》とかスリラー的要素《てきようそ》は抑《おさ》えられています。そのかわりにトリックや論理《ろんり》の巧《たく》みさで読者を知的に楽しませるものでした。

その間も自分の小説を書くことはやめず、やがて編集《へんしゅう》の仕事はやめて作家一本に絞《しぼ》ることにしたのですが、その後まもなく、当時は死の病ともいわれた肺結核《はいけっかく》にかかり、長期の療養生活《りょうようせいかつ》に入ることを強《し》いられます。

そのあとさらに、彼の愛した探偵小説に不幸が訪《おとず》れます。日中戦争の長期化、独裁国《どくさいこく》ドイツ・イタリアとの接近《せっきん》、アメリカなどとの緊張関係《きんちょうかんけい》などにより、日本はしだいに戦時体制《せんじたいせい》を強めてゆくのですが、探偵小説がそうした流れにふさわしくないものとして排除《はいじょ》され始めたのです。

いったいどういうことでしょうか？　ここで探偵小説、ミステリーとはどういうものであり、それが栄えるためにはどんな世の中でなければいけないかを考えてみましょう。

探偵小説には、しばしば名探偵《めいたんてい》が登場しますが、彼らが事件《じけん》を解決《かいけつ》し、犯人《はんにん》が誰《だれ》かを見抜《みぬ》くに当たっては、何より証拠《しょうこ》が必要ですし、それらにもとづいて論理的《ろんりてき》な——つまり筋道《すじみち》のきちんと通った推理《すいり》をしなくてはなりません。

一方、犯人はときに奇抜《きばつ》なトリックを用いたり、巧妙《こうみょう》な計画を立てたりして犯罪《はんざい》を行いますが、それは警察《けいさつ》に捕《つか》まらないためですし、裁判所《さいばんしょ》で有罪判決《ゆうざいはんけつ》を受けないためです。そうならないために必死で知恵《ちえ》をしぼり、探偵の目を逃《のが》れようとするわけですよね。

これは何を意味するかというと、どんな人間もちゃんとした法律《ほうりつ》にもとづかないと、逮捕《たいほ》されることはないし、そのためには誰もが納得《なっとく》できる理由と理屈《りくつ》がなければならないということです。人は誰も、めったなことでは自由と権利《けんり》を奪《うば》われることはないし、社会はみんなに安全を保障《ほしょう》している。探偵小説とは、本来、こうした前提《ぜんてい》がなければ成り立たないものなのです。

残念《ざんねん》ながら、戦争に向かいつつあった日本は、そこからほど遠い国になっていました。もともと理屈《りくつ》より感情《かんじょう》が先に立ち、異論《いろん》をとなえるよりも大勢《たいせい》に合わせることが重んじられる日本人にとって、ミステリーやその中で活躍《かつやく》する名探偵《めいたんてい》というのは、なじみにくいところがあったのです。

やがて戦争が始まると、探偵小説《たんていしょうせつ》はもちろん、それ以外の小説も書きにくくなってゆきました。横溝《よこみぞ》は江戸時代《えどじだい》を舞台《ぶたい》にした『人形佐七捕物帳《にんぎょうさしちとりものちょう》』というシリーズを書いていたのですが、主人公の岡《おか》っ引《び》き・佐七《さしち》が美男子で、女性《じょせい》によくモテるため奥《おく》さんがやきもちを焼くという設定《せってい》が、不《ふ》謹慎《きんしん》だと非難《ひなん》されるありさまでした。

敗戦の年となった昭和《しょうわ》二十年（一九四五）、横溝正史《よこみぞせいし》は激《はげ》しくなった戦火を避《さ》け、一家あげて岡山《おかやま》に疎開《そかい》します。そこで彼《かれ》の中に重大な変化が生じたのです。その少し前、彼はアメリカ生まれでイギリスで活動した作家、ジョン・ディクスン・カーの作品に大きな感銘《かんめい》を受けていました。謎解《なぞと》きに特化した英米のミステリーは、ほかでは得られない知的な驚《おどろ》きや感動を与《あた》えてくれますが、長々《ながなが》と証拠《しょうこ》調《しら》べや容疑者《ようぎしゃ》の尋問《じんもん》シーンが続いたりして、小説としての面白みに欠けるものが少なくなかったのです。

ところが、カーの小説には、黒魔術《くろまじゅつ》だとか吸血鬼《きゅうけつき》や亡霊《ぼうれい》の伝説だとか、中世や近世ヨーロッパのいまわしい史実《しじつ》や血なまぐさい犯罪《はんざい》などがふんだんに取り入れられていて、物語としての面白さが濃厚《のうこう》なのです。カーの犯人《はんにん》たちは、それらに乗っかる形で犯行《はんこう》を行ないますから、勢《いきお》い事件《じけん》のありさまやトリックも奇抜《きばつ》なものになります。

怪奇幻想的《かいきげんそうてき》な作品も多数書いており、歌舞伎《かぶき》や草双紙《くさぞうし》（江戸時代に書かれた小説）にも親しんでいた横溝には、探偵小説にもこういう書き方があったのかと、しっくり来るものがありました。加えて、岡山での初めての田舎暮《いなかぐ》らしは、都会育ちの彼の知らなかった、古くからの因習《いんしゅう》や閉鎖《へいさ》的《てき》な人間関係に満ちていました。

こうしたことが混《ま》ぜ合わさって、彼の中でこれまでにないミステリーのスタイルが形作られてゆきました――日本の伝統的《でんとうてき》な風土の中に、奇抜なトリックをしこみ、歌舞伎のような妖美《ようび》に満ちた場面を展開《てんかい》させつつ、全ての謎《なぞ》が論理的《ろんりてき》に解き明かされるという探偵小説が。

昭和二十年八月十五日、日本の敗戦が決定した日、横溝正史は誰《だれ》もが打ちひしがれる中で、創《そう》作意欲《さくいよく》に燃《も》えていました。これでやっと書きたいものが書ける！　と。

当時は出版社《しゅっぱんしゃ》も印刷所も書店も、その多くが焼けてしまい、紙が手に入らないために雑誌《ざっし》もごく薄《うす》いものしか出せなかったのですが、幸いチャンスは早めにやってきました。敗戦の翌年《よくねん》、昭《しょう》和《わ》二十一年に創刊《そうかん》された探偵小説専門誌《たんていしょうせつせんもんし》「宝石《ほうせき》」から連載《れんさい》を依頼《いらい》されたのです。

そこで横溝正史《よこみぞせいし》が書いたのが、『本陣殺人事件《ほんじんさつじんじけん》』でした。名探偵《めいたんてい》・金田一耕助《きんだいちこうすけ》が初登場したこの長編《ちょうへん》は、何度も映画《えいが》やテレビドラマになりましたから、ご存《ぞん》じの人が多いでしょう。でも、これがどんなにユニークな作品であったかは、今の目からはわかりにくいかもしれません。

まず都会ではなく田舎《いなか》が舞台《ぶたい》になっていたこと。しかも事件が起きるのが、純《じゅん》日本式のお屋敷《やしき》であること。ミステリーは西洋生まれの文学で、日本人の中でも進歩的で新しい文化に興味《きょうみ》を持つような人々《ひとびと》に好まれたことから、都会にある洋館などが舞台に選ばれることが多かったのです。

そもそも和風の建物というのは、襖《ふすま》や障子《しょうじ》で部屋と部屋が仕切られており、鍵《かぎ》をかけられないことが多いですし、畳《たたみ》や天井板《てんじょういた》を外せば、自由に行き来ができてしまいます。ですから、閉《と》じられた空間で起きる「密室《みっしつ》」事件は成り立たないという考えが一般的《いっぱんてき》でした。

『本陣殺人事件』は、そんな常識《じょうしき》を打ち破《やぶ》りました。雪に閉ざされた離《はな》れ家、かき鳴らされる琴《こと》の音、血の手形のついた屛風《びょうぶ》、庭木に打ちこまれた鎌《かま》、そして地面に突《つ》き立てられた日本刀――といった道具立てに彩《いろど》られた不可能犯罪《ふかのうはんざい》は、世界中どこにもない日本ならではの探偵小説でした。

しかも横溝は、東京《とうきょう》・大阪《おおさか》の二大都市を舞台にした、全くタイプの違《ちが》う『蝶々殺人事件《ちょうちょうさつじんじけん》』を、「ロック」という別の雑誌に並行《へいこう》して連載していました。いかに当時の彼《かれ》が、ミステリーへの情熱《じょうねつ》と創作意欲《そうさくいよく》にあふれていたかがわかりますね。

『本陣殺人事件』は連載中《れんさいちゅう》から評判《ひょうばん》を呼《よ》び、完結後には第一回探偵作家《たんていさっか》クラブ賞（現在《げんざい》の日本推理作家協会賞《にほんすいりさっかきょうかいしょう》）を受けるなど高い評価《ひょうか》を受けました。そして、このあとひと月の休養もなく連載が始まったのが『獄門島《ごくもんとう》』であり、この作品は日本のミステリーのオールタイム・ベスト1に選ばれるほどの傑作《けっさく》となったのです。

『本陣殺人事件《ほんじんさつじんじけん》』と『蝶々殺人事件《ちょうちょうさつじんじけん》』の舞台《ぶたい》は昭和《しょうわ》十二年。それは、日本が戦時体制《せんじたいせい》に入り、たとえお話の中でさえ、作り物めいた事件が起きるのが許《ゆる》されなくなる直前でした。

一方、『獄門島《ごくもんとう》』の舞台は、昭和二十一年九月。敗戦のたった一年一か月後です。『本陣殺人事件』では、二十代の若者《わかもの》だった金田一耕助《きんだいちこうすけ》は、青春の全てを戦争に奪《うば》われた三十過《す》ぎの男として登場します。

みなさん金田一耕助といえば、どんなスタイルか思い浮《う》かびますか。そう、ヨレヨレの和服にモジャモジャ頭、形のくずれた帽子《ぼうし》をかぶり、ゲタをはいて……今から見ると、ずいぶん風変わりで、まるでコスプレでもしているようですね。

でも、戦争前には、こういう服装《ふくそう》をした人はけっこういました。それも、小説や演劇《えんげき》にたずさわり、自由を愛する人たちの中には、こんな風に気ままで気取らない格好《かっこう》が珍《めずら》しくなかったのです。

ちなみに、横溝正史《よこみぞせいし》は、ある新聞小説の挿絵《さしえ》に描《えが》かれたレビュー劇場《げきじょう》の座付《ざつき》き作者の姿《すがた》と、のちに有名な劇作家《げきさっか》となった菊田一夫《きくたかずお》とエノケン（喜劇俳優《きげきはいゆう》・榎本健一《えのもとけんいち》の愛称《あいしょう》）一座《いちざ》の楽屋で会ったときの印象が合わさって、金田一探偵《きんだいちたんてい》のイメージができたと回想しています。

レビューとか軽演劇《けいえんげき》とか呼《よ》ばれた芝居《しばい》は、陽気な歌があり踊《おど》りがあり、何よりドタバタや鋭《するど》い風刺《ふうし》などの明るい笑いに満ちていました。その作家たちの暮《く》らしぶりは、今の目から見てもうらやましくなるような自由闊達《じゆうかったつ》なものでした。

金田一耕助もまた、そうした青年の一人だったのかもしれません。

しかし、戦争が何もかもをメチャクチャにしました。人生で一番可能性《かのうせい》に満ちた二十代を、中国大陸や南方で兵士として過ごした彼《かれ》は、おそらく何度となく死に直面したことでしょう。物量はるかにまさる敵《てき》の攻撃《こうげき》にさらされ、毎日のように上官になぐられ、いつも飢《う》えと渇《かわ》きに苦しめられる。病気にかかってもろくな薬はなく、やりたいことは何一つやれずに、ただ必死に生きのびることしかできなかったに違《ちが》いありません。

ニューギニアのウエワクで終戦を迎《むか》えた、とありますから、太平洋戦争でも最低最悪の体験《たいけん》をしたあと、金田一耕助《きんだいちこうすけ》は命からがら日本に帰ってきました。おそらく彼《かれ》の大切な家族や友人、住まいや財産《ざいさん》も無傷《むきず》ではいられなかったことでしょう。

そんな彼に、復員船《ふくいんせん》の中で、死にゆく戦友から告げられた言葉。それは次のような恐《おそ》ろしいものでした。

「死にたくない。おれは……おれは……死にたくない。……おれがかえってやらないと、三人の妹たちが殺される……だが……だが……おれはもうだめだ。金田一君、おれの代わりに……おれの代わりに獄門島《ごくもんとう》へ行ってくれ。……いつか渡《わた》した紹介状《しょうかいじょう》……金田一君、おれは今まで黙《だま》っていたが、ずっとまえから、きみがだれだか知っていた……本陣殺人事件《ほんじんさつじんじけん》……おれは新聞で読んでいた……獄門島……行ってくれ。おれの代わりに……三人の妹……おお、いとこが、……おれのいとこが……」

その遺言《ゆいごん》により、探偵《たんてい》・金田一耕助は復活《ふっかつ》します。そして乗りこんだ瀬戸内海《せとないかい》の小島・獄門島で彼が出会ったのは、戦前そのままの封建的《ほうけんてき》で因習《いんしゅう》にとらわれた小さな社会でした。

やがて、金田一耕助の目前で次々と起きた殺人事件。お寺の古木から逆《ぎゃく》さづりにされ、吊《つ》り鐘《がね》の中に閉《と》じこめられ、巫女《みこ》のような奇妙《きみょう》な姿《すがた》で……と、むごたらしくも異様《いよう》なものばかり。その背後《はいご》にあるのは歌舞伎《かぶき》や俳句《はいく》といった、日本伝統《にほんでんとう》の芸術《げいじゅつ》に由来する美意識《びいしき》です。そして事件の真相も、海外のミステリーでは決して描《えが》かれることのない、昔ながらの考え方に取りつかれた人々が引き起こしたものだったのです。

前作『本陣殺人事件』では、舞台《ぶたい》こそ田舎《いなか》ですが、登場人物の中に都会の大学で学んだ体験《たいけん》があるものがいたり、西洋のミステリーを愛好しているものがあったりしました。並行《へいこう》して書かれた『蝶々殺人事件《ちょうちょうさつじんじけん》』は、舞台となる東京《とうきょう》と大阪《おおさか》を、ロンドンとパリに置き換《か》えても成り立つような物語展開《てんかい》であり、人物設定《じんぶつせってい》でした。

しかし『獄門島』は違《ちが》います。犯人《はんにん》にしても事件を取り巻《ま》く人々にしても、それまで探偵小説《たんていしょうせつ》には不可欠《ふかけつ》とされた都会的な要素《ようそ》、欧米的《おうべいてき》な感覚とは全く無縁《むえん》です。それらとは全く無関係なところで計画され、実行された犯罪《はんざい》は、純粋《じゅんすい》に日本的で、にもかかわらず西洋生まれの文学であるミステリーとして、きわめて優《すぐ》れたものとなっているのです。

これは、横溝正史《よこみぞせいし》の先輩《せんぱい》であり、日本の探偵小説《たんていしょうせつ》を常《つね》にリードしてきた江戸川乱歩《えどがわらんぽ》でさえ、達成できなかった成果でした。

この作品が高い評価《ひょうか》を受けたのに続いて、横溝正史は金田一耕助《きんだいちこうすけ》シリーズの名作を次々と書いてゆきます。『八《や》つ墓村《はかむら》』『犬神家《いぬがみけ》の一族《いちぞく》』『悪魔《あくま》が来《き》りて笛《ふえ》を吹《ふ》く』『女王蜂《じょおうばち》』『三《み》つ首塔《くびとう》』『悪魔《あくま》の手毬唄《てまりうた》』……どれも素晴《すば》らしい傑作《けっさく》ぞろいです。

しかし、時代は常に移《うつ》り変わってゆきます。一九五〇年代の終わり、昭和《しょうわ》三十年代ともなると、戦後《せんご》の混乱《こんらん》がおさまり、戦争の傷跡《きずあと》がいえてゆくのにつれ、日本社会はひたすら経済的《けいざいてき》な豊《ゆた》かさを求めてゆくようになりました。

それらをリードしてゆくのは急激《きゅうげき》に成長し、多くの富《とみ》を生み出すようになった企業《きぎょう》であり、日本人の多くはそこに所属《しょぞく》することで豊かな生活を得ようとしました。しかし、そこには明るい部分だけではなく、暗い闇《やみ》の部分があり、汚職《おしょく》や公害といった社会悪も激増《げきぞう》します。

そうした中では、独特《どくとく》の美学に彩《いろど》られ、奇抜《きばつ》なトリックをちりばめ、考え抜《ぬ》かれた犯罪を描《えが》くタイプの探偵小説は、リアルではない、古臭《ふるくさ》い、作り物めいているという理由で排除《はいじょ》されてゆくことになります。

名探偵《めいたんてい》・金田一耕助もまた、例外ではありませんでした。彼《かれ》のような風変わりな自由人ではなく、警察組織《けいさつそしき》に属《ぞく》し、靴底《くつぞこ》をすり減《へ》らしてコツコツと歩き回って事件《じけん》を解決《かいけつ》する刑事《けいじ》の方が本物っぽい（決してそんなことはないのですが）ということになってしまったのです。

このころベストセラー作家として一気に脚光《きゃっこう》を浴びた松本清張《まつもとせいちょう》は、その勢《いきお》いに乗って自分以前の作品を非難《ひなん》し、「探偵小説を『お化屋敷《ばけやしき》』の掛小屋《かけごや》からリアリズムの外に出したかった」と主《しゅ》張《ちょう》しました。これは横溝正史の作品を名指しにしたものではありませんでしたが、彼をして創作《そうさく》意欲《いよく》を失わせ、筆を折らせるのには十分でした。

しかし、横溝正史《よこみぞせいし》と金田一耕助《きんだいちこうすけ》は、一九七〇年代にみごとな復活《ふっかつ》をとげます。ＳＦ小説や漫画《まんが》、アニメ、特撮映画《とくさつえいが》などによって、豊《ゆた》かな物語性《ものがたりせい》と奔放《ほんぽう》なイマジネーションに目覚めた若《わか》い読者たちが、日本の推理小説《すいりしょうせつ》（当時はこう呼《よ》ばれるようになっていました）にはあきたらなくなっていたところへ横溝作品に遭遇《そうぐう》したのです。

その人気と影響力《えいきょうりょく》はすさまじいもので、かつての名作は続々と復刊《ふっかん》されてベストセラーとなり、それに刺激《しげき》されて、横溝正史は一九七四年、以前に中断《ちゅうだん》していた『仮面舞踏会《かめんぶとうかい》』を完成、翌《よく》年《ねん》には旧作《きゅうさく》を改稿《かいこう》した『迷路荘《めいろそう》の惨劇《さんげき》』を発表。さらには最大長編《さいだいちょうへん》となった『病院坂《びょういんざか》の首縊《くびくく》りの家《いえ》』の連載《れんさい》をスタートするに至《いた》ります（一九七八年刊行《かんこう》）。

その後もさらに金田一物の長編『悪霊島《あくりょうとう》』を執筆《しっぴつ》するなど、その創作意欲《そうさくいよく》は八一年に七十九歳《さい》で亡《な》くなるまで衰《おとろ》えることはありませんでした。

彼《かれ》は自らこう書き記しています——。

探偵小説《たんていしょうせつ》を書きつづけで五十年余《あまり》。
あるときは情熱《じょうねつ》の火に身を焦《こ》がし、
あるときは挫折《ざせつ》して冷たい灰《はい》となり、
しかし、私《わたし》は不死鳥のごとく蘇《よみがえ》ってきた。
私は生ある限《かぎ》り謎《なぞ》と論理《ろんり》の結合に、
執念《しゅうねん》の火を燃《も》やしつづけるであろう。
嗤《わら》わば嗤え。
私は探偵小説一代男なのである。

〈七十三翁《おう》の執念《しゅうねん》〉「野性時代《やせいじだい》」1975・11）

これが、神戸《こうべ》の薬屋で店番をしながら探偵小説に読みふけっていた少年のたどり着いた境地《きょうち》なのでした。

さて……横溝正史《よこみぞせいし》の金田一耕助《きんだいちこうすけ》シリーズを中心とした作品は、今もその多くを読むことができますが、そこには複雑怪奇《ふくざつかいき》な謎《なぞ》と、それを論理的《ろんりてき》に解《と》き明かす名探偵《めいたんてい》の活躍《かつやく》を描《えが》くミステリーとして以外の楽しみ方があることを、最後にお教えしておきましょう。

それは、彼《かれ》の作品には、小説というものがひたすら面白さを目指し、読者をワクワクさせることに集中していた時代のエッセンスが詰《つ》まっているということです。

運命を背負《せお》った美少女、何十年ぶりかでよみがえった過去《かこ》の罪悪《ざいあく》、宝探《たからさが》し、地底の冒険《ぼうけん》、怪奇な伝説――そうした要素《ようそ》のルーツをたどっていけば、きっととてつもない物語の鉱脈《こうみゃく》にぶつかるでしょうし、数あるミステリーの中で、なぜ飛びぬけて横溝正史だけが、いつまでも多くの人に読み継《つ》がれ、愛されてきたかの秘密《ひみつ》も理解《りかい》できるのではないでしょうか。

◆出典――『獄門島』(角川文庫)1971

五冊目

『九尾《きゅうび》の猫《ねこ》』

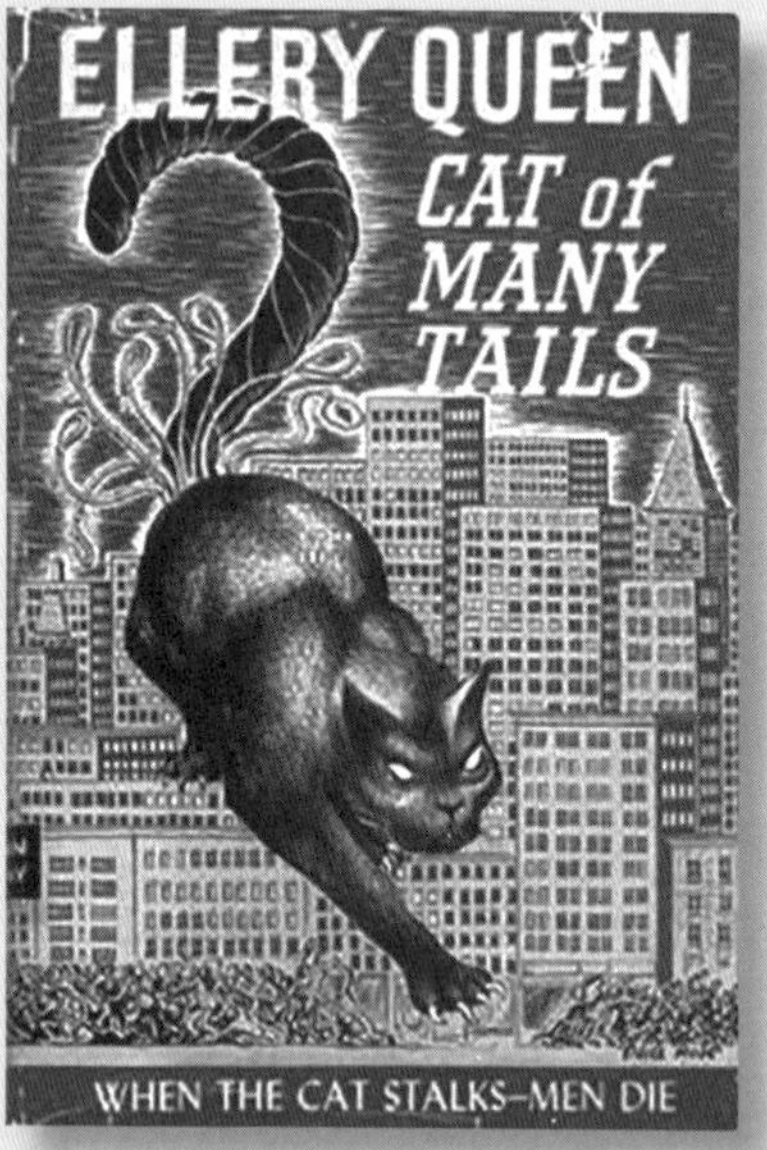

『九《きゅう》尾《び》の猫《ねこ》』 原書《げんしょ》 初版本《しょはんぼん》
1949年 米国

これから小説家エラリー・クイーンが書いた名探偵《めいたんてい》エラリー・クイーンのお話をします。作家のクイーンと探偵のクイーン、名前は同じだけど別々の存在《そんざい》です。では、合わせて何人いるでしょう。二人？　残念《ざんねん》、三人でした。

ここにバーナビー・ロスという小説家と、彼《かれ》が創《つく》り出したドルリー・レーンという名探偵を加えたとしたら、今度は全部で何人？　3＋2＝5――いえ、違《ちが》います。全部で四人なんです。

いきなりややこしいクイズを出しましたが、種明かしはこうです。

小説家エラリー・クイーンは、フレデリック・ダネイ（一九〇五―一九八二）とマンフレッド・ベニントン・リー（一九〇五―一九七一）という、いとこ同士の合作ペンネームなのです。つまり二人で一人の作家というわけですね。

幼《おさな》なじみだった彼らは、やがてニューヨークの中心部で働き始めますが、お互《たが》いの事務所《じむしょ》が近くにあったことから、お昼どきはしょっちゅう会って食事をするようになります。そのとき話題になるのは、子供《こども》のときから好きだったミステリーのこと、いつかは自分たちでも傑作《けっさく》を書いてみたいということでした。

ちょうどこのとき、「マクルーア」という雑誌《ざっし》と、ストークスという出版社《しゅっぱんしゃ》の共催《きょうさい》で、長編《ちょうへん》ミステリーの懸賞募集《けんしょうぼしゅう》がありました。さっそく二人は応募《おうぼ》することにしたのですが、このとき思いついたのが、自分たちの小説に登場する名探偵《めいたんてい》に、ペンネームと同じ名前をつけることでした。

というのも、みんなシャーロック・ホームズの名前は覚えていても、コナン・ドイルの名前は思い出せないことが多いように、作家の名前は忘《わす》れてしまいがちです。ならば、作者と探偵の名前をいっしょにしてしまえと思いついたのです。

二人の処女作《しょじょさく》『ローマ帽子《ぼうし》の謎《なぞ》』はみごとに入選しました。ところが何と、雑誌「マクルーア」がつぶれてしまい、高額《こうがく》の賞金はふいになってしまったのですが、幸いストークス社が本を出してくれました。

一九二九年のことでした。そのころ日本では、横溝正史《よこみぞせいし》が編集者《へんしゅうしゃ》を続けながら、小説家一本に絞《しぼ》るべきか悩《なや》んでいました。日本のミステリーの先頭を走っていた江戸川乱歩《えどがわらんぽ》が、怪奇趣味濃厚《かいきしゅみのうこう》な『孤島《ことう》の鬼《おに》』や活劇《かつげき》スリラー調の『蜘蛛男《くもおとこ》』などの連載《れんさい》を開始して大人気となったのもこの年です。

わが国でも、ようやく探偵小説《たんていしょうせつ》が一般《いっぱん》の人々に親しまれようとしていたとき、太平洋の反対側では、全く別の進化が始まっていました。

それは推理《すいり》というものを極限《きょくげん》まで突《つ》き詰《つ》めることです。事件《じけん》にかかわる全てを徹底的《てっていてき》に検証《けんしょう》し、「論理《ろんり》」をただ一つの武器《ぶき》として、真相は何か、犯人《はんにん》は誰《だれ》かを考えて考えて考え抜《ぬ》くのです。

『ローマ帽子の謎』というのは奇妙《きみょう》なタイトルですが、これはニューヨークのブロードウェイにある「ローマ劇場《げきじょう》」で起きた殺人事件《さつじんじけん》で、当時ちゃんとした芝居《しばい》を見にくる人たちが必ずかぶっていたシルクハットが、事件の重大な手がかりになることに由来しています。

シャーロック・ホームズなら、日ごろの人間観察や科学知識《かがくちしき》、直感力をもとにして、そのシルクハットの持ち主について推理を聞かせてくれたことでしょう。でも、クイーンは違《ちが》います。何しろ「あるはずのシルクハットが、そこにない」ことを土台に考えてゆくのですから、さすがのホームズも、ないものをもとに推理《すいり》することはできません（「犬が何もしなかった」ことに注目したことはありますが）。

つまり、エラリー・クイーンにとっては、手がかりとなるもの自体よりも、そこから導《みちび》き出される理屈《りくつ》――論理《ろんり》が第一となるのです。ミステリーにおいて、論理というものは何より大事な要《よう》素《そ》ですが、クイーンほどそれをとことんまで追求した作家（にして探偵《たんてい》）は、どこにもいないでしょう。

たとえば彼《かれ》の後の作品には、湯沸《ゆわ》かし器の中の水の量とティーカップの数とか、現場《げんば》に残されたマッチの燃《も》えさしから、驚《おどろ》くべき推理が展開《てんかい》されるものがあります。指紋《しもん》がついていたりとか、特殊《とくしゅ》な痕跡《こんせき》があったりはしません。ただ、あるがままのものを見て、どうしてそういう状態《じょうたい》になったのかを、パズルか数式でも解《と》くように明らかにしてゆくのです。

『ローマ帽子《ぼうし》の謎《なぞ》』のあと、エラリー・クイーンは『フランス白粉《おしろい》の謎《なぞ》』『オランダ靴《ぐつ》の謎《なぞ》』『ギリシャ棺《ひつぎ》の謎《なぞ》』『エジプト十字架《じゅうじか》の謎《なぞ》』と、タイトルに国の名がついた作品（日本では「国名シリーズ」といいます）を書いてゆきますが、特にそれらの国と内容的《ないようてき》に結びつきがあるわけではなく、言葉遊びのようなものです。

ついでながら、日本では国名シリーズのラストを飾《かざ》る作品として『ニッポン樫鳥《かしどり》の謎《なぞ》』（別題『日本庭園《にほんていえん》の秘密《ひみつ》』）が加えられることがありますが、これはまちがった情報《じょうほう》にもとづくもので、さっき挙《あ》げたのに続く『アメリカ銃《じゅう》の謎《なぞ》』『シャム双子《ふたご》の謎《なぞ》』『チャイナ橙《だいだい》の謎《なぞ》』『スペイン岬《みさき》の謎《なぞ》』までの九作というのが正しいのです。『ニッポン樫鳥の謎』には確《たし》かに日本の風物が出てきますが、もともとのタイトルは『間の扉《ザ・ドア・ビットイーン》』ですし、小説の作り方も違《ちが》うので、別ものと考えた方がいいと思います。

これらの作品は、とにかく論理また論理で、作者は知的なスリルとお楽しみを与《あた》えることしか考えていないようです。アクションシーンでハラハラさせるとか怪奇《かいき》な要素でゾクゾクさせるとか、感動的な話で泣かせるとかいうことは一切《いっさい》抜《ぬ》きなのです。

ひたすら「犯人《はんにん》は誰《だれ》か？」を考えさせ、「いったいどうなるんだろう？」「これはどういうことなんだろう？」という疑問《ぎもん》で引っ張《ば》ってゆき、最後に「そ、そうだったのか！」と読者に叫《さけ》ばせる。それが、作家エラリー・クイーンの二人組がやってきたことでした。

国名シリーズの何よりの特徴《とくちょう》は——一部例外もあるのですが——解決編《かいけつへん》の少し前に「読者への挑戦《ちょうせん》」がかかげられていることです。これは、作者が読者に「さあ、ここまでのところで、この事件《じけん》を解《と》き明かすための手がかりは全部そろいましたよ。解決編を読む前に、もう一度じっくり考えてみてください。うまくいけば、あなたの方が先に犯人《はんにん》を指摘《してき》できるかもしれませんよ」と呼《よ》びかけることで、よほど自信がなくてはできません。

何より、このとき、読者に対するフェアプレイが確立《かくりつ》したのでした。小説の中の名探偵《めいたんてい》は、読者の知らない情報《じょうほう》をこっそり得ていてはいけないし、それでいて作者は、ラストで読者に見抜《みぬ》かれないような真相を明かさなくてはならない——これは大変なことですが、エラリー・クイーン（作者と探偵の両方の）は、この難行《なんぎょう》を何十年もわたってやり続けたのです。

しかも、エラリー・クイーンのシリーズだけではありません。

一九三二年、クイーンの大作『ギリシャ棺《ひつぎ》の謎《なぞ》』が刊行《かんこう》された年、バーナビー・ロスという謎の作家が『Xの悲劇《ひげき》』でデビューしました。登場する名探偵はドルリー・レーン、元シェークスピア劇《げき》の名優《めいゆう》で耳が不自由、長い銀髪《ぎんぱつ》を垂《た》らしてケープをまとい、ステッキを持つという古風ないでたちです。

この作品も大傑作《だいけっさく》でしたが、ロスは同じ年に『Yの悲劇《ひげき》』を刊行、その後ずっと世界ミステリベストの上位を占《し》め続けることになります。翌年《よくねん》には『Zの悲劇《ひげき》』、そして『レーン最後《さいご》の事件《じけん》』を書いたあと、たった二年間で作家活動を終えてしまうのです。その正体を全く明かさないままで……。

同時代に、すばらしいレベルのミステリーを書く作家が二人も現《あらわ》れたのですから、クイーンとロスは何かと比較《ひかく》されました。とうとうクイーンとロスの合同講演会《ごうどうこうえんかい》が各地で開催《かいさい》され、二人とも正体を明かさない作家なものですから、それぞれ覆面《ふくめん》をして観客の前に登場し、互《たが》いに謎解《なぞと》きクイズを出しっこして競い合う——なんてことまでやったのです。

実は、このバーナビー・ロスの正体は、作家エラリー・クイーンの二人組でした。彼《かれ》らは、いつもの探偵《たんてい》エラリー・クイーンのシリーズではできないことをやろうとしたのです。

いつもと違《ちが》う探偵役《たんていやく》、違う舞台《ぶたい》、違うムード、そして全く違う意外な結末。読者を驚《おどろ》かせ、これまでにないミステリーを書くためには、ペンネームを変え、新しいシリーズを立ち上げることすらいとわない情熱《じょうねつ》と努力には、ただ感服するほかありません。

ほら、ここで最初に記したクイズの答えが出ましたね。

作家エラリー・クイーンはフレデリック・ダネイとマンフレッド・ベニントン・リーの二人。作家バーナビー・ロスも、やっぱりダネイとリーの二人ですから、人数は変わりません。そこへ探偵であるエラリー・クイーンとドルリー・レーンを足すと四人――というわけなんです。

作家クイーンの秘密《ひみつ》が明かされたのは、『中途《ちゅうと》の家《いえ》』（さっき書いたマッチの手がかりが出てくるのはこの作品です）と『ニッポン樫鳥《かしどり》の謎《なぞ》』の間に当たる一九三六年、バーナビー・ロスも彼らであることが知られたのは、日本との戦争が始まった一九四一年のことでした。

さて、エラリー・クイーンの作家活動は、いかにもアメリカらしいというか、とても多角的でめざましいものでした。長編《ちょうへん》のほか雑誌《ざっし》に短編《たんぺん》を書き、それらはまず『エラリー・クイーンの冒険《ぼうけん》』にまとめられましたが、探偵小説《たんていしょうせつ》を読みたいという人に、必ずこの本をプレゼントする人もいるぐらい、おすすめの短編集となっています。

それればかりか、自分たちで雑誌を編集することさえしました。一九三三年から翌年《よくねん》にかけて出た「ミステリー・リーグ」で、これは四号で廃刊《はいかん》になってしまいましたが、この経験《けいけん》は一九四一年に創刊《そうかん》され、今も続いている「エラリー・クイーンズ・ミステリ・マガジン」の編集に生かされることになりました。

アメリカでは、パルプマガジンと呼《よ》ばれるものと、質《しつ》のいい紙（スリックと呼ばれました）に刷られた高級な雑誌《ざっし》の区別があったことは、『マルタの鷹《たか》』ですでにお話ししましたね。クイーンはまず、そこに進出します。その皮切りとなったのは『チャイナ橙《だいだい》の謎《なぞ》』で、載《の》せたのはハメットの『影《かげ》なき男』と同じ「レッドブック」という雑誌《ざっし》でした。上品で、女性《じょせい》がよく読むスリック・マガジンにまず短縮版《たんしゅくばん》を載せ、そのあと単行本化する。その関係で、小説の舞台《ぶたい》はより華《はな》やかなものになりますし、何より恋愛《れんあい》が重要な要素《ようそ》として取り入れられました。

そうなると、以前のようにマニアックに、ひたすら理屈《りくつ》っぽい小説ではなくなりますが、だからこそ生まれた佳作《かさく》もあります。『ハートの4』や『悪魔《あくま》の報復《ほうふく》』は、この時期の収穫《しゅうかく》といえ、小説としてのふくらみもあって楽しめる作品です。

ミステリー、探偵小説《たんていしょうせつ》というものが大いに広まったこの時代は、映画《えいが》が全盛期《ぜんせいき》を迎《むか》えようとしている時代でもありました。特にハリウッドに大撮影所《だいさつえいじょ》が集結したアメリカでは、次々とあらゆるジャンルの映画が作られ、スターとお金とスキャンダルが乱《みだ》れ飛んでいました。

映画製作《えいがせいさく》にはすぐれた脚本《きゃくほん》が必要ですから、ハリウッドのプロデューサーたちは豊富《ほうふ》な資金力《しきんりょく》にあかせて作家を集めました。その中にはスコット・フィッツジェラルドやウィリアム・フォークナーのような後の文豪《ぶんごう》もふくまれており、多くの作家が富《とみ》と名声と、そして新しい表現《ひょうげん》を求めて映画界入りし――そして、そのほとんどがひどく傷《きず》ついて活字の世界に帰ってきました。

映画界にとっては、作家の個性《こせい》とかこだわりとかはどうでもよく、中身を勝手に書き直したりつぎはぎしたり、そのあげく名前も出さないというようなことがザラにありました。エラリー・クイーンの二人組もハリウッドに招《まね》かれ、そこでいろいろ脚本やアイデアを提供《ていきょう》したようですが、彼《かれ》らの名前で残っているものはありません。

映画のかわりに、作家として探偵としてのエラリー・クイーンに活躍《かつやく》の場を与《あた》えたのは、同じく当時大発展《だいはってん》していたラジオでした。セリフと音楽と音響効果《おんきょうこうか》だけで展開《てんかい》されるラジオドラマは、ときに映画より豊《ゆた》かで広い世界を描《えが》くことができましたが、ミステリーもまたそこで大きく花開いたのです。

一九三九年にスタートしたラジオ版《ばん》「エラリー・クイーンの冒険《ぼうけん》」では、エラリーと父親リチヤード・クイーン警視《けいし》、その部下のヴェリー部長刑事《ぶちょうけいじ》といった小説のレギュラーメンバーに、元気な女性秘書《じょせいひしょ》のニッキー・ポーターが加わりました。彼《かれ》らの前に毎週新たな事件《じけん》が起き、読者ならぬ「聴取者《リスナー》への挑戦《ちょうせん》」がはさまって、ラジオの前で聴《き》いている人たちや、ときにはゲスト回答者たちがいっしょに考えます。

この番組は大人気となって、ふだん探偵小説《たんていしょうせつ》を読まない人たちにも謎解《なぞと》きや推理《すいり》の面白さを伝え、やがてはラジオドラマの映画化《えいがか》という形で、ハリウッドにリベンジを果たすことになるのです。

作家クイーンの挑戦は、小説の世界でもやむことはありませんでした。一九四二年の『災厄《さいやく》の町《まち》』は、大都会ニューヨークでもなくハリウッドでもなく、ライツヴィルというアメリカのどこにでもありそうな架空《かくう》の町を舞台《ぶたい》にした小説です。

汽車から降《お》り駅を出ると、通りの先に広場があり、町の創設者《そうせつしゃ》の銅像《どうぞう》が立っている。その近くには警察署《けいさつしょ》があり銀行があり新聞社まであって、いろんな人たちが暮《く》らし、働いていて、一見ごくふつうの都市のよう。でも隣町《となりまち》までは遠く離《はな》れていて、あまりよそへ出ることはなく、住民はみな顔見知りで、閉鎖的《へいさてき》で保守的《ほしゅてき》——前の章で横溝正史《よこみぞせいし》が出会ったのとはまた違《ちが》った、独特《どくとく》な空間です。

そこに起きた殺人事件《さつじんじけん》。それは町の風土と、人々の心の行き違いから生まれた悲劇《ひげき》でした。これまで、ささいな手がかりや証言《しょうげん》の食い違いをもとに犯人《はんにん》を指摘《してき》してきた探偵クイーンが、とうとう人の心に、その奥深《おくぶか》さにメスを入れ始めたのです。

『災厄の町』が書かれたとき、太平洋ではすでに日米両軍が激《はげ》しく戦っていましたが、この作品の中のライツヴィルにはそうした気配は感じられません。むしろヨーロッパで始まった戦争のおかげで、好景気にわいているぐらいです。

しかし、一九四五年のライツヴィルもの『フォックス家の殺人』では、戦争で心に傷《きず》を負った人間がいちはやく描《えが》かれます。ここではもう犯人はただの殺人者、悪人ではなく、探偵も必ずしも絶対的《ぜったいてき》な正義《せいぎ》とは言えなくなっています。そしてライツヴィルもの第三作『十日間《とおかかん》の不思議《ふしぎ》』

で探偵《たんてい》クイーン自身も心に深い傷《きず》を負ったあと、舞台《ぶたい》は再《ふたた》びニューヨークに帰ってきます。

それこそは、一九四九年に発表された『九尾《きゅうび》の猫《ねこ》』でのことでした。

名探偵《めいたんてい》エラリー・クイーンものとしては十九番目の長編《ちょうへん》に当たる『九尾の猫』で、冒頭《ぼうとう》から描《えが》かれるのは、やりきれない暑さに包まれ、熱帯夜が続く世界最大の都市のけだるい日常《にちじょう》です。

アメリカは第二次世界大戦に勝利し、幸い国土が傷つけられることはほとんどありませんでした。自分たちの民主主義《みんしゅしゅぎ》は正しかった。だからこそ自由や平和を踏《ふ》みにじり、他国を侵略《しんりゃく》したドイツや日本に勝利できたのだ——そう誇《ほこ》っていいはずが、言い知れぬ不安がアメリカ人を包んでいました。

一気に何十万人を焼き殺すことのできる原子爆弾《げんしばくだん》を手にしてしまったこと。自分たちと価値観《かちかん》の全く異《こと》なるソ連（＝ソビエト連邦《れんぽう》、現在《げんざい》のロシア）という巨大国家《きょだいこっか》と、あらゆる分野で対決しなければならなかったこと。そして、ヨーロッパや太平洋で戦って帰国し、それぞれの職場《しょくば》や家庭にもどった兵士たちには、血なまぐさい記憶《きおく》と恐怖《きょうふ》が心深く刻《きざ》まれていたのです。

そんなさなか起きた殺人事件《さつじんじけん》。殺されたのは平凡《へいぼん》で孤独《こどく》な中年男で、死因《しいん》は絹《きぬ》ひもで絞殺《こうさつ》されたことによるものでした。しかし、それはただの始まりに過《す》ぎず、続いていかがわしい商売で身を立てている女性《じょせい》が同様の手口で殺され、さらには妻子《さいし》のために懸命《けんめい》に働いていた靴屋《くつや》の店員が――。

戦争で、あれほど多くの死を体験《たいけん》したはずなのに、人々はおびえきります。第四、第五と引き続いて起きた犯行《はんこう》は、殺害の凶器《きょうき》と手口以外、何の共通項《きょうつうこう》もありませんでした。やがてマスコミが、この正体不明の犯人《はんにん》を〈猫〉と名づけます。〈猫〉は犯行を重ねるたびに、しっぽを増《ふ》やしてゆく――。

世論《よろん》の高まりを受けて、連続絞殺魔《れんぞくこうさつま》〈猫〉の対策責任者《たいさくせきにんしゃ》に任命《にんめい》されたのは、市警《しけい》のベテラン、クイーン警視《けいし》でした。そして、〈猫〉のしっぽが六本にまで増えたとき、前の事件のせいで、推《すい》理《り》し犯人《はんにん》を指摘《してき》することに嫌気《いやけ》がさしていた息子のエラリーも、むりやり〈猫《ねこ》〉の捜査《そうさ》に駆《か》り出されることになったのです。

ニューヨーク市長直属《ちょくぞく》の特別捜査官《とくべつそうさかん》！　プロの警察官《けいさつかん》ならともかく、いまだかつてこんな地位に就《つ》いた素人探偵《しろうとたんてい》がいるでしょうか。

けれど、その結果、彼《かれ》は三百平方マイル（約七百七十七平方キロ）に及《およ》ぶ空間と、そこに暮《く》らす七百五十万もの人々を相手にしなくてはならなくなったのです。

これまでだったら、事件《じけん》の舞台《ぶたい》はもっと限《かぎ》られていました。一つの大きな建物だとか、何らかのつながりを持つ人々の間とか——探偵クイーンは、そこにお得意の論理《ろんり》でもって区分けを作り、容疑者《ようぎしゃ》をどんどんと絞《しぼ》りこんでいきます。

でも、今回ばかりはどうすればいいのでしょう。犠牲《ぎせい》となるのは、互《たが》いに全くかかわりのない、年齢《ねんれい》も性別《せいべつ》も仕事も別な人たち。何十何百もの警察官たちが総出《そうで》で調べてもわからないものを、いかに天才的な頭脳《ずのう》を持つとはいえ、非力《ひりき》な一個人《いちこじん》にどう解《と》き明かせというのでしょう？

ふつうだったら、名探偵《めいたんてい》が登場するのは、殺人がすでに行なわれたあとです。彼らは、すでに起きてしまった事件をあれこれ詮索《せんさく》するのですが、この『九尾《きゅうび》の猫』事件では、犯人は今まさに犯行《はんこう》を続けているところなのです。次に何が起きるかわからないし、起こらないかもしれない。だからといって何もしないでいれば、またどこかで誰《だれ》かが〈猫〉に殺されてしまうかもしれないのです。

でも、探偵エラリー・クイーンは、こんな絶望的《ぜつぼうてき》な状況《じょうきょう》の中で、かろうじて推理《すいり》の端緒《たんしょ》を見つけ出します。さまざまな人種や立場の人々が、ドロドロに溶《と》けて渦巻《うずま》くような大都会のカオスの中から、何とか〈猫〉の正体をつかもうとするのです。

そして、エラリー・クイーンはついに、この事件の真実に到達《とうたつ》します。そして〈猫〉逮捕《たいほ》の現《げん》場《ば》に居合《いあ》わせさえするのですが――。

すべてが終わったあと、探偵エラリー・クイーンは思い知ることになります。推理し、謎《なぞ》を解き、犯人が誰かを指摘し、その罪《つみ》をあばくことの恐《おそ》ろしさを……。論理を突《つ》きつめ、名探偵としての頂点《ちょうてん》を極めたといっていい彼《かれ》がたどりついたのは、名探偵《めいたんてい》というもの、人間がそうした存在《そんざい》になることとは何を意味するかという結論《けつろん》でした。

そして、それは作家としてのエラリー・クイーンの到達《とうたつ》した境地《きょうち》だったのかもしれません。

かつて、作家にして評論家《ひょうろんか》でもあったアントニー・バウチャーは、こう言いました。「エラリー・クイーンはアメリカの探偵小説《たんていしょうせつ》そのものだ」と。

確《たし》かに、ミステリーというものの可能性《かのうせい》を追い続け、そのレベルを極限《きょくげん》まで高めたばかりか、発表するメディアに合わせて、マニアにもごくふつうの読者にも楽しめる作品を提供《ていきょう》し、さらに活字以外の形式にまで創作《そうさく》の手を広げた功績《こうせき》は大変なものです。

ここでは記しませんでしたが、作家クイーンは雑誌《ざっし》のほかに多数のアンソロジーを編纂《へんさん》し、うずもれた作品を多数よみがえらせました。アメリカ・イギリスなど英語圏《えいごけん》にとどまらない世界各国の作家や作品も紹介《しょうかい》し、ミステリーというジャンルへの貢献《こうけん》は絶大《ぜつだい》なものがあるといえるでしょう。

けれど、今では本国ではあまりその功績が知られているとは言えないそうで、このことは『エラリー・クイーン　推理《すいり》の芸術《げいじゅつ》』というすばらしい伝記を著《あらわ》したフランシス・M・ネヴィンズ氏も嘆《なげ》いているようです。

ただ、ネヴィンズ氏は、唯一《ゆいいつ》の例外として日本を挙《あ》げています。ある人はクイーンの影響《えいきょう》を強く受けて創作に志《こころざ》した日本の作家たちを、女王《クイーン》にちなんでか〝エラリー・クイーンの騎士《きし》たち〟と呼《よ》びました。今や日本にとどまらないミステリーを支《ささ》えている彼らは、どこまでこのジャンルを突《つ》きつめ、可能性を広げていけるのか――その答えが出るのは、おそらくこれからでしょう。

ミステリー？　探偵《たんていしょうせつ》小説？　このジャンルをどう呼《よ》ぶか。

この本では、「ミステリー」と呼《よ》んでいるこのジャンルですが、歴史的にも、また現在《げんざい》でも、さまざまな呼び方があります。この場を借りて、ちょっとご紹介《しょうかい》してみましょう。

◆ミステリー ―― たいへん範囲《はんい》が広く、一般的《いっぱんてき》な呼び方です。英語ではmystery fiction《ミステリー　フィクション》。でも、これだと、探偵役《たんていやく》が登場しないばかりか、謎解《なぞと》きやトリックが全くふくまれない作品も入ってしまうので好まない人もいます。たとえば少女漫画《しょうじょまんが》の世界では一時期、推理《すいり》のあるような作品が全く描《えが》かれなかったので、即《そく》ホラーや幻想的《ファンタスティック》なものを意味したようです。

◆ミステリ ―― 今でも、パーティー partyを「パーティ」と末尾《まつび》の音引《おんびき》（ー）抜《ぬ》きで書くことがありますが、戦前はストーリー storyを「ストーリ」と書くように、yで終わる単語の日本語表記では、そうすることの方が多かったようです。

するとミステリーと同じではないかということになりますが、前記のような混乱《こんらん》を避《さ》け、差別化を図るために、あえてこう書く人も多いのです。ちなみに「本格《ほんかく》ミステリー」は「本格ミステリ」と書く場合も多いですが、「トラベル・ミステリー」「旅情《りょじょう》ミステリー」が「トラベル・ミステリ」「旅情ミステリ」と書かれることはまずありません。このニュアンス、おわかりになるでしょうか。

◆**クライム・フィクション**——つまり犯罪小説《はんざいしょうせつ》。欧米《おうべい》などではこの呼び方が多いようで、書店に行くと「CRIME」と書いたコーナーが必ずありますが、日本ではリアルな犯罪事件《はんざいじけん》をハードなタッチで描いた作品に、もっぱら使われています。

◆**探偵小説《たんていしょうせつ》**——明治時代《めいじじだい》にできた最も古い言葉で、明治時代の辞書に「諸種《しょしゅ》の探偵を興味《きょうみ》の主眼《しゅがん》とする小説の一種で、小説中劣等《ちゅうれっとう》なるものとせらる」などと書いてあってクサったことがありますが、犯罪や怪奇《かいき》な出来事を描いたものは、何でもこの中に入れられたようです。やがて、江戸川乱《えどがわらん》歩《ぽ》らの登場で、日本でも一気に発展《はってん》しますが、それにつれて怪奇・幻想・冒険《ぼうけん》・SFなど一般文芸《いっぱんぶんげい》の枠《わく》からはみ出した小説は何でも「探偵小説」と呼ばれるようになりました。

一度は死語になりかけていたのですが、次で述《の》べる「推理小説《すいりしょうせつ》」にあきたらない人たちによって、再《ふたた》び使われだして今日に至《いた》っています。

◆推理小説

――あまりにも何でもありになってしまった「探偵小説《たんていしょうせつ》」の純粋性《じゅんすいせい》を取りもどそうと考えられた言葉ですが、実際《じっさい》には戦後《せんご》の国語改革《こくごかいかく》で「偵」の字が制限漢字《せいげんかんじ》になってしまい、「探てい小説」などと書くのが不体裁《ふていさい》なことから次第に普及《ふきゅう》しました。昭和《しょうわ》三十年代に、より現実的《げんじつてき》な社会を描《えが》いた作品が流行《はや》ると、その新しさを強調するために何でもかんでも「推理小説」になってしまいましたが、今では逆《ぎゃく》に古びた言葉になってしまいました。

この本では「ミステリー」と「探偵小説」を主に使い、ときに「推理小説」をまじえることがあるかもしれませんが、これはその場その場で一番しっくりくる言葉を選んでいると考えてください。では、引き続き本編《ほんぺん》をどうぞ。

六冊目

『ドクター・ノオ』

『ドクター・ノオ』原書《げんしょ》　初版本《しょはんぼん》
1958年　米国

この章を書こうとして、スパイ小説や、その背景《はいけい》について書いた本を何冊《なんさつ》か集めてみて、びっくりしました。イアン・フレミングの007シリーズについてまるで触《ふ》れていないか、触れていてもほんのちょっとだけというものばかりだったのです。

むろん、これは私《わたし》の探《さが》し方が足りなかったのでしょうし、それだけで007ことジェームズ・ボンドのことが忘《わす》れられているとは、いえないでしょう。

それどころか映画《えいが》の世界では、初代ショーン・コネリーに始まって、ジョージ・レーゼンビー、ロジャー・ムーア、ティモシー・ダルトン、ピアース・ブロスナン、そして現在《げんざい》のダニエル・クレイグまで、六人ものスターがボンドを演《えん》じた作品が二十四本も作られており、人気を集め続けています。きっと、みなさんの多くが、そのどれかをごらんになったのではありませんか。

二〇〇三年、ＡＦＩ（アメリカ映画研究所）が選んだ「アメリカ映画100年のヒーローと悪役ベスト100」のヒーローの部で、第三位になったのがジェームズ・ボンドでした。

一位は「アラバマ物語」の正義感《せいぎかん》と慈愛《じあい》に満ちた弁護士《べんごし》アティカス・フィンチ、二位が活劇《かつげき》ヒーロー兼《けん》考古学者インディ・ジョーンズでしたから、アメリカ生まれ以外のキャラクターとしては、かなり好成績《こうせいせき》を収《おさ》めたといっていいでしょう。

なお、007は現在《げんざい》では「ダブルオー・セブン」と読むようですが、かつては「ゼロゼロ・セブン」というのが主流でした。どっちにするかはみなさんの自由です——などということはともかく。

二〇一二年のロンドン・オリンピックの開会式では、ダニエル・クレイグ扮《ふん》する007が、何とエリザベス女王と共演《きょうえん》する映像《えいぞう》が流されて、世界をアッと言わせたものです。まさにイギリスを代表し、地球規模《ちきゅうきぼ》で愛されるヒーローなのです。

でも、それらもイアン・フレミングの原作小説あってのことです。彼《かれ》の作品は映画化《えいがか》のおかげで世界的に知られましたが、そちらの方が有名になりすぎて、原作を読んだ人が「映画と全然違《ちが》う。ちっとも007らしくない……」と、とまどうようなことさえ起きました。

どういうことでしょうか？　ここにシャーロック・ホームズの時代だったらありえない、現代《げんだい》の作家ならではの物語の受け取られ方があったのです。

もっとも、コナン・ドイルが大人気作家になれたのは、「ストランド・マガジン」での読切連《れん》載《さい》という新しいスタイルのおかげでしたし、前章のエラリー・クイーンは単行本、雑誌《ざっし》、別名での新シリーズ、ラジオドラマなど、メディアに合わせて新しい作風をつくってきました。

またパルプマガジンからのしあがったダシール・ハメットは『影《かげ》なき男《おとこ》』で、さらに成功を収めましたが、彼が小説を書けなくなったあとも、映画の影なき男シリーズは何本も作り続けられたのです。横溝正史《よこみぞせいし》も、時代の変化を受けて十年間ほどの沈黙《ちんもく》を自ら選びました。

この本で取り上げた作家の中で、全くマイペースだったのはアガサ・クリスティぐらいでしょうが、彼女《かのじょ》のように外の世界に踊《おど》らされず、レベルの高い作品を生み出し続けるというのも強靭《きょうじん》な意志が必要だったはずです。

そんなことを頭に置きながら、フレミングが生み出した世界で最も有名で、最も人気のあるヒーローの一人とその物語について考えてみるとしましょう。

イアン・フレミングは、一九〇八年ロンドン生まれ。祖父《そふ》は銀行家で父親はチャーチルの盟友《めいゆう》でもあった有力な国会議員。いわゆる良家の子弟で、名門イートン校に入りますが、遊び好きのためやめさせられ、強制的《きょうせいてき》に入れられた陸軍士官学校も退学《たいがく》になってしまいます。

そのあとも、ヨーロッパのあちこちの大学を転々。とにかく女性《じょせい》と自動車が大好きだったとのことで、何やら後に自分が生み出したボンドと重なるところがあるようです。

銀行や商社に勤《つと》めたあとロイター通信に入り、記者となります。ソ連の首都モスクワに駐在《ちゅうざい》したあと、第二次世界大戦が始まると海軍情報部《かいぐんじょうほうぶ》に勤務《きんむ》し、ドイツを相手としたスパイ活動にたずさわりますが、実際《じっさい》には現場《げんば》に出ることはなく、作戦行動に参加したときもデスクワークのみだったようです。しかし、このとき直接《ちょくせつ》見聞きしたことが、のちの創作《そうさく》に役立ったことは言うまでもありません。

戦後《せんご》、フレミングは出版社《しゅっぱんしゃ》に勤務。やがてジャマイカの別荘《べっそう》にこもって小説を書き始めます。

それこそは、００７シリーズの第一作『カジノ・ロワイヤル』（一九五三）でした。

海外に盛《さか》んに進出していたイギリスには、もともと冒険小説《ぼうけんしょうせつ》の伝統《でんとう》があり（スティーヴンスンの『宝島《たからじま》』とかハガードの『ソロモン王の洞窟《どうくつ》』とか、ドイルの『失われた世界』とかすぐ思い浮《う》かびますね）、その一環《いっかん》としてスパイ小説も早くから書かれていました。

そこへ、第一次世界大戦の体験《たいけん》が加わり、スパイ小説は深みを増《ま》します。開戦後まもなく冒険小説の大家ジョン・バカンが書いた『三十九階段《さんじゅうきゅうかいだん》』は、主人公リチャード・ハネイのスピーディーでスリリングな活躍《かつやく》を描《えが》きますが、文豪《ぶんごう》サマセット・モーム自身の体験にもとづく『秘密諜報部員《ひみつちょうほうぶいん》（アシェンデン）』には、華《はな》やかさには縁遠《えんどお》い地味な活動がつづられています。

さらに大きな破壊《はかい》をもたらした第二次世界大戦後、やっと平和が訪《おとず》れた地球を、今度は東西冷戦が覆《おお》います。ことにイギリスなど西ヨーロッパ諸国《しょこく》は、ソ連を中心とした社会主義陣営《しゃかいしゅぎじんえい》の脅威《きょうい》に絶《た》えずさらされることになりました。

その一方で、物質的《ぶっしつてき》には豊《ゆた》かになってゆき、テレビを中心とするメディアは消費をあおって、人々の間に享楽的《きょうらくてき》なムードが漂《ただよ》います。そこに現《あらわ》れたイギリス情報部《じょうほうぶ》MI6に所属《しょぞく》し、殺人許可《さつじんきょか》証《しょう》を持つ007ことジェームズ・ボンドは、まさに新時代のヒーローでした。

ことさら愛国心を語ることもなく、ひたすらクールに任務《にんむ》をこなす姿《すがた》は、有能《ゆうのう》かつ凄腕《すごうで》そのもの。やたらに女性《じょせい》にもて、美食と酒を愛し、あらゆる銃器《じゅうき》をあざやかに使いこなし、おまけにギャンブルにも強い（作品の中で、それらに関するうんちくがたっぷりと語られます）――それは、第二次大戦後《せんご》、ますますシリアスさとシビアさを増《ま》したスパイ小説の中では、むしろ特異《とくい》な存在《そんざい》といえたかもしれません。

もっとも『カジノ・ロワイヤル』は最初はそれほど売れず、『死《し》ぬのは奴《やつ》らだ』『ムーンレイカー』『ダイヤモンドは永遠《えいえん》に』と書き継《つ》ぐうちに人気は高まっていたものの、フレミングは何度もシリーズの打ち切りを考えたといいます。

しかし第五作『ロシアから愛《あい》をこめて』（一九五八）が、その発表の三年後にアメリカ大統領《だいとうりょう》となったジョン・F・ケネディの愛読書と紹介《しょうかい》されたことから評判《ひょうばん》が広まり、その間に世に出た『ドクター・ノオ』によって、フレミングとボンドの名はいっそう世界じゅうに広まりました。

『ドクター・ノオ』――シリーズ六作目に当たるこの長編《ちょうへん》はまさに典型的な冒険活劇《ぼうけんかつげき》で、〝大人の童話〟と呼《よ》ばれることの多いボンドシリーズの中でも、特にその色合いが濃《こ》い作品といえるでしょう（ちなみに彼《かれ》は、映画《えいが》にもなった『チキ・チキ・バン・バン』という子供《こども》のための夢《ゆめ》いっぱいの童話の本を書いています）。

最初のころは実在《じつざい》するスパイ組織《そしき》や秘密警察《ひみつけいさつ》、現実的《げんじつてき》な犯罪者《はんざいしゃ》と戦っていたボンドでしたが、しだいに空想めいた巨大《きょだい》な敵《てき》を向こうに回し、その狂気《きょうき》じみた陰謀《いんぼう》を粉砕《ふんさい》するようになっていました。この作品がまさにそうで、ジャマイカにあるイギリス情報部のカリブ支局《しきょく》がいきなり皆殺《みなごろ》しにされるところから始まります。

当然われらのボンドの出動《しゅつどう》となるわけですが、ホテルでさっそくおぞましい怪物《かいぶつ》（映画とは少し違《ちが》っています）に襲《おそ》われたりしつつ、やがて潜入《せんにゅう》したのはノオ博士《はかせ》なる謎《なぞ》の人物が支配《しはい》する島。

そこで貝採《かいと》りの美女と出会ったボンドは、博士《はかせ》の一味に捕《と》えられ、その本拠《ほんきょ》に連行されます。ノオ博士は、特殊《とくしゅ》な電波《でんぱ》を飛ばしてロケットやミサイルの軌道《きどう》をねじ曲げ、まるで関係ないところに落下させてパニックを起こさせ、戦争の危機《きき》をあおるための実験をくり返し、まもなく実行に移《うつ》ろうとしていました。この恐《おそ》るべき計画を阻止《そし》すべく、ボンドは身一つで戦いを挑《いど》むのですが——はたして？

この小説は四年後に映画化《えいがか》され、日本では当初「007は殺しの番号」のタイトルで公開されたのですが、この大ヒットに乗って007ブームはたちまち世界を駆《か》けめぐります。続いて『ロシアから愛《あい》をこめて』が映画化され（日本での初公開時は「007危機《きき》一発《いっぱつ》」のち「ロシアより愛をこめて」に改題）、ボンド人気は不動のものとなったのです。

これらに始まる007映画のうち七本でプロダクション・デザイナー——美術《びじゅつ》を担当《たんとう》したのはケン・アダムという人物です。彼《かれ》がデザインした、いかにもものものしいMI6会議室、特殊カーや潜航艇《せんこうてい》、小型ヘリ、そして何より悪の組織《そしき》の秘密基地《ひみつきち》などは、原作には書かれていなかったものの、強烈《きょうれつ》なビジュアルイメージとして定着することになりました。たとえ００７でなくても、スパイアクションといったら、こうしたアイテムをまず想像《そうぞう》する人も多いことでしょう。

あいにくフレミングは一九六四年に五十六歳《さい》の若《わか》さで亡《な》くなり、自作の映画化はこの二本しか見られませんでした。しかし、これらの作品の大ヒットはすでに原作者の手を離《はな》れて、爆発的《ばくはってき》なブームを広げていったのです。

その評判《ひょうばん》にあやかって、小説でも映画でも似《に》たような作品があふれ返りました。イタリアでは〝０７７〟なんてまぎらわしい名前のスパイが主人公のシリーズが作られましたし、フレミングも企画《きかく》に加わったというテレビシリーズ「００１１　ナポレオン・ソロ」は、ハンサムな二人組のスパイの活躍《かつやく》を、コミカルでしゃれたタッチで描《えが》いて大人気となりました。

日本でも後に続けというので、「一〇〇発一〇〇中」や「国際秘密警察《こくさいひみつけいさつ》」といったシリーズ映画が作られましたし、私《わたし》が子供《こども》のときには漫画《まんが》もテレビも００７風の活劇《かつげき》だらけでした。

そんな中で、ちょっと面白い現象《げんしょう》が起きていました。

ジェームズ・ボンドの活躍《かつやく》に刺激《しげき》されたように、続々と登場したヒーローの中には、彼《かれ》のはるかな大先輩《だいせんぱい》たちがふくまれていたのです。時代の最先端《さいせんたん》を行っていたはずの007が、大昔のヒーローたちを復活《ふっかつ》させたのです。

たとえばボンドの祖国《そこく》イギリスでは、サッパーという作家が一九二〇年から書き始めた冒険家《ぼうけんか》〝ブルドッグ・ドラモンド〟ことヒュー・ドラモンド元大尉《もとたいい》が、スパイ映画《えいが》の主人公としてよみがえりました。

アメリカでは、十九世紀の末から何人もの作家が匿名《とくめい》で書きまくった（作品数は千をはるかに超《こ》えるといいます）私立探偵《しりつたんてい》ニック・カーターが〝キルマスター〟の異名《いみょう》を持つスパイに転身し、またまた膨大《ぼうだい》な小説が出版《しゅっぱん》されました。

そしてフランスでは、怪人《かいじん》ファントマが復活しました。これはピエール・スーヴェストルとマルセル・アランが二十世紀の初めに創造《そうぞう》した、ヒーローとは正反対のヴィラン（悪役）です。

たった一人のターゲットを殺すために列車事故《れっしゃじこ》を起こすようなとんでもない犯罪者《はんざいしゃ》と、新聞記者ファンドール、ジューヴ警部《けいぶ》の正義《せいぎ》コンビが何十冊《なんじっさつ》にもわたって死闘《しとう》をくりひろげます。いちはやく映画にもなり、これは、暗黒映画《フィルム・ノワール》と呼《よ》ばれるフランス独特《どくとく》の犯罪ドラマの元祖《がんそ》といわれています。

名優《めいゆう》ジャン・マレーが、仮面《かめん》をかぶったファントマとファンドール記者の二役を演《えん》じ、一九六四年にスタートした新しいファントマシリーズは、捕獲装置《ほかくそうち》付きタクシーや葉巻形《はまきがた》ピストル、空飛ぶ自動車といった珍兵器《ちんへいき》が満載《まんさい》の、明らかに007映画を意識《いしき》し、茶化《ちゃか》した内容《ないよう》になっていました。原作では生まじめで冷静《れいせい》なジューヴ警部を、フランス一の喜劇役者《きげきやくしゃ》ルイ・ド・フュネスが演じていたのも、その表われでしょう。

面白いというのは、ここのことです。ジェームズ・ボンドは当時一番斬新《ざんしん》な、最もかっこいいヒーローであり、作品には当時の世界情勢《せかいじょうせい》や最新の科学技術《かがくぎじゅつ》が取り入れられていました。

なのに、007に引っ張《ば》られて出てきたのは、大昔の小説や活動大写真と呼ばれた時代の映画の主人公たちだったのです。

これは、ジェームズ・ボンドが、彼《かれ》らの後継者《こうけいしゃ》だと考えられていたことを示《しめ》します。無敵《むてき》の強さを誇《ほこ》り、ときに死にそうな目にあいながらも、最後には敵《てき》（それも怪物《かいぶつ》みたいなものすごい奴《やつ》らばかり）を打ち負かす——そんな現実離《げんじつばな》れしたスーパーマンが、今も大衆《たいしゅう》に愛されていることに気づき、それならわが国にはこんなのがいるぞ、あんなのもいたんだぞとホコリを払《はら》って引っ張《ぱ》り出してきたのです。

当時——一九六〇年代は、久《ひさ》しく忘《わす》れられていた無声映画《むせいえいが》のコメディが再評価《さいひょうか》された時代でもありました。チャールズ・チャップリンやバスター・キートン、ハロルド・ロイドといった体を張ってドタバタを演《えん》じる喜劇役者《きげきやくしゃ》たちの底抜《そこぬ》けの面白さとエネルギーが、今ではすっかり失われたものとして見直されたのです。

一方、そうしたドタバタ喜劇（スラップスティック・コメディといいます）と並《なら》んで、生まれたばかりの映画で人々に愛されたのは連続活劇《れんぞくかつげき》でした。めまぐるしいアクションと奇想天外《きそうてんがい》なアイデアが展開《てんかい》され、多少ムチャクチャでも辻《つじ》つまがあわなくとも、とにかくヒーローは必ず勝利する。ボンドはそうした映画《えいが》本来《ほんらい》の面白さを思い出せるきっかけになったのです。映画化《えいがか》第三弾の原作は第七作『ゴールドフィンガー』、第四弾は第八作『サンダーボール作戦』と映画化はとぎれることなく、本も売れ続けました。とかく映画ばかりが注目されがちですが、小説も実に面白いのです。

　ところが、ここに奇妙《きみょう》なことが起きたのです。映画化第五弾として選ばれたのは、原作では最後から二番目の『００７は二度死ぬ』で、日本が舞台《ぶたい》となったこの作品は、謎《なぞ》の宇宙船《うちゅうせん》によって米ソ両国のロケットが拿捕《だほ》され、あわや戦争という緊張状態《きんちょうじょうたい》に陥《おちい》る——というド派手《はで》な発端《ほったん》で、ボンドは巨大犯罪組織《きょだいはんざいそしき》スペクターが仕組んだ陰謀《いんぼう》を粉砕《ふんさい》すべく日本に乗りこみます。あげくの果てには列島某所《ぼうしょ》の火山口の下に偽装《ぎそう》された秘密基地《ひみつきち》に突入《とつにゅう》するという、珍兵器《ちんへいき》あり美女あり、残忍《ざんにん》で異常《いじょう》な悪の首領《しゅりょう》ありとおなじみの要素満載《ようそまんさい》の展開となります。

　ですが……それと同じものを期待して原作本を読んだ人は、きっとあれっととまどうでしょう。小説の方には、そんなものは一切登場せず、共通するものといったら、いくつかの登場人物の名前と、ボンドが日本人に化けて日本の女性《じょせい》と結婚《けっこん》する——というかなりムチャなくだりぐらいなのですから。

映画《えいが》の方は、いかにもな「外国人が見た不思議《ふしぎ》の国ニッポン」という感じで描《えが》かれていましたが、小説の中の日本はもっと異様《いよう》で奇怪《きかい》で、それでいてあちこちにフレミングの観察眼《かんさつがん》が感じられるものとなっています。

最も奇妙《きみょう》なのは、映画では名優《めいゆう》ドナルド・プレザンスが演《えん》じた悪の首領《しゅりょう》ブロフェルドで、シャターハント博士《はかせ》と名を変え〝死《し》の蒐集家《しゅうしゅうか》〟と呼《よ》ばれるようになった彼《かれ》が仕組んだ陰謀《いんぼう》は、何と日本の古城《こじょう》に〝死の庭園〟というのを設《もう》け、毒草を栽培《さいばい》したりピラニア池を造《つく》ったり、毒蛇《どくへび》や毒グモを飼《か》う。すると、自殺願望の強い日本人は人生の諸問題《しょもんだい》を解決《かいけつ》しようと勝手に城《しろ》にやってきて、次から次へと死んでしまう——というものでした。

現在《げんざい》、日本が世界有数の自殺大国と呼ばれていることを考えると、フレミングは鋭《するど》いところをとらえていたという気もします。しかし、当時の映画製作者《えいがせいさくしゃ》や読者に、これが「００７らしくない」

誰《だれ》と映《うつ》ったことはまちがいなく、原作を完全無視《かんぜんむし》した映画版《えいがばん》「007は二度死ぬ」が公開され、もそのことを怪《あや》しみはしなかったのでした。先にも記した通り、このとき彼はすでに没《ぼっ》しており、抗議《こうぎ》したくてもできなくなっていました。

そもそもフレミングは映画のためだけに小説を書いていたわけではなく、彼は彼で新しい物語を模索《もさく》し、書き続けていたのですが、結果としてそれが、みんなの考える007、ジェームズ・ボンドの世界とはずれてゆく結果になってしまったのです。

たとえば『わたしを愛したスパイ』(一九六二)は、女性視点《じょせいしてん》でボンドを描いた異色作《いしょくさく》ですが、これが一九七七年に「私《わたし》を愛したスパイ」として従来通《じゅうらいどお》りの活劇《かつげき》をさらにハイテク化した形で映《えい》画《が》化《か》された際《さい》には、あまりにも原作とかけ離《はな》れ過《す》ぎていたためか、『新・私を愛したスパイ』というノベライズ版が別に発売されたほどでした。

今もなお、ジェームズ・ボンドが活躍《かつやく》する映画は作られ続けていますが、それらはもはや「007映画」という一つのジャンルをなしていて、その中でのルールを守りつつファンたちの「こうあってほしい」というイメージを満足させるものとなっているようです。

これは、とても珍《めずら》しい現象《げんしょう》といえるでしょう。シャーロック・ホームズは、たとえどんなにパロディが作られたとしてもコナン・ドイルの作品世界からはみ出すことはありませんし、サム・スペードはダシール・ハメットの美学や行動ルールを無視《むし》することはありえません。エルキュール・ポワロはアガサ・クリスティのものですし、エラリー・クイーンはエラリー・クイーン以外の何ものでもありません。横溝正史《よこみぞせいし》の金田一耕助《きんだいちこうすけ》もまた、しかりです。

でも、007ジェームズ・ボンドは、生みの親であるイアン・フレミングを抜《ぬ》きにして自立するようになってしまいました。それどころか、フレミングの書いた原作小説が「007らしくない」と排除《はいじょ》されかねないありさまです。

これは、作者と作品の新しい関係なのでしょうか。それともあまりにも多くの大衆《たいしゅう》に知られ、愛されてしまったキャラクターゆえの悲劇《ひげき》なのでしょうか。

近年では、ヒットした漫画《まんが》やある種の小説は、作者が自由にストーリーを展開《てんかい》させたり、キャラクターの命運を握《にぎ》ることが許《ゆる》されず、編集者《へんしゅうしゃ》やテレビ局や映像制作会社《えいぞうせいさくがいしゃ》などのメディア担当者《たんとうしゃ》の同意や合議が必要とされると聞いたことがありますが、フレミングはその先駆《さきが》けとなるのを、あやうく免《まぬが》れたのでしょうか……?

一方、007シリーズのヒットで注目されたスパイ小説のジャンルには、先に述《の》べたような亜《あ》流作品《りゅうさくひん》が大量生産されるのと好対照に、次々と新たな作家が抬頭《たいとう》し、問題作を世に送り出してきました。

ジョン・ル・カレ、レン・デイトン、フレデリック・フォーサイス……中でも自身もMI6に勤務《きんむ》し、のち外交官にもなった経験《けいけん》を生かしたル・カレの『寒い国から帰ってきたスパイ』は、現実《げんじつ》のスパイ戦の冷酷《れいこく》さと非人間性《ひにんげんせい》を淡々《たんたん》と、けれどゾッとさせるようなタッチで描《えが》いた傑作《けっさく》となりました。

それとは別に、陽性《ようせい》なアクションと奇想天外《きそうてんがい》な物語、グルメや銃《じゅう》に関する豆知識《まめちしき》、そしてお色気に満ちた007シリーズは愛され続けました。今日、スパイ小説についての本で、イアン・フレミングとジェームズ・ボンドについて触《ふ》れたものが案外に少ないのは、文学的に優《すぐ》れ、スーパーマンではない等身大の人間と国家や戦争とのかかわりを描《えが》いたシリアスな作品群《さくひんぐん》とは、別個《べっこ》のものと考えられているせいかもしれません。

しかし、世界があまりにも複雑化《ふくざつか》し、何もかもが利害関係の中に取りこまれて、日常生活《にちじょうせいかつ》が息苦しくなる一方の時代、007のようなヒーローはいつでも待ち望まれているのではないでしょうか。そして、その傾向《けいこう》は、最近ますます強まっているのではないでしょうか。

七冊目

『羊《ひつじ》たちの沈《ちん》黙《もく》』

『羊《ひつじ》たちの沈黙《ちんもく》』原書《げんしょ》　初版本《しょはんぼん》
1988年　米国

ミステリー――探偵小説《たんていしょうせつ》は古くて新しいジャンルです。

不思議《ふしぎ》な謎《なぞ》と、それを解《と》くことがテーマの物語というのは、古代からありますし、でも今みなさんが考えるようなミステリーは、エドガー・アラン・ポーが百八十年ほど前に発明するまで、ほぼ存在《そんざい》しませんでした。

そして、アガサ・クリスティやエラリー・クイーン、その他この本ではとりあげられなかった作家たちによって、謎解《なぞと》きが極限《きょくげん》まで突《つ》きつめられ、その面白さを追求したいろんな作品が盛《さか》んに書かれたのは、実はそんなに長い時期ではないのです。

アメリカやイギリスでは、二度の世界大戦の間の二十年ほど。日本では太平洋戦争後の十年間ほどで、やがて作りものの小説よりも、リアルな現実《げんじつ》を描《えが》いたものが受け入れられるようになっていきました。

そうした流れを踏《ふ》まえて、ずっと言われてきたことがありました――「探偵小説は、やがて犯《はん》罪小説《ざいしょうせつ》にとってかわられる」。

これはどういうことかというと、奇想天外《きそうてんがい》なトリックが用いられたり、論理《ろんり》で全てを解《と》き明かす名探偵《めいたんてい》が活躍《かつやく》したりするようなミステリーは、やがて行き詰《づ》まり、すたれてゆくという考え方です。

これに対し、現実《げんじつ》に起きるような犯罪《はんざい》と犯罪者《はんざいしゃ》を描《えが》くものは、そうした不自然さがないし、文学としても優《すぐ》れたものになるから、そっちの方が生き残るに決まっている――そういった考え方です。

さらには「探偵小説《たんていしょうせつ》は〝ただ探偵（ここでは警察官《けいさつかん》などもふくみます）が出てくるだけの小説〟となり、それ以外は、ほかの小説と何ら変わらないものになるだろう」という説もとなえられ、このジャンルを愛してきた人たちには、まことにつらい宣告《せんこく》となりました。

確《たし》かに、日本でも外国でも、謎解《なぞと》きの面白さだけに特化した探偵小説は、しだいに少なくなっていきました。

私《わたし》個人《こじん》にも覚えがありますが、特に海外で新作として書かれたミステリーを読んで、決して面白くなくはないのですが、ちっとも驚《おどろ》けないし、目を洗《あら》われるような知的な快感《かいかん》もないのにガッカリさせられることがしばしばだったのです。

あの予言通り、探偵小説はただ現実をなぞるだけの犯罪小説《はんざいしょうせつ》になってしまい、もう名探偵と天才的犯罪者《はんざいしゃ》の対決などは見られないのか。そんなものを読みたければ、古い作品を掘《ほ》り返すしかないのか――ミステリーファンの誰《だれ》もがあきらめかけたとき、アメリカから一つの解答《かいとう》がもたらされました。

それが、トマス・ハリスが一九八八年に書いた『羊《ひつじ》たちの沈黙《ちんもく》』でした。

ハンニバル・レクター博士《はかせ》を主人公とする小説第二作であり、まもなく映画《えいが》となって世界じゅうを席巻《せっけん》することになるこの作品は、全く新しいタイプのミステリーであるとともに、古典的《こてんてき》な探偵小説を現代《げんだい》によみがえらせたものにほかならなかったのです。

トマス・ハリスは、一九四〇年生まれ。アメリカの南部で成長し、学び、さらに新聞記者として働いてきました。記者人生の後半は国際的《こくさいてき》な報道機関《ほうどうきかん》であるAP通信に勤《つと》め、国際情勢《こくさいじょうせい》に関しての知識《ちしき》を積みました。

その経験《けいけん》を生かして、一九七五年に発表した『ブラックサンデー』は、祖国《そこく》を奪《うば》われたゲリラたちによるテロ計画を克明《こくめい》に描《えが》いた問題作です。それは、八万人の観客で埋《う》まったスーパーボウル（プロ・フットボールの優勝決定戦《ゆうしょうけっていせん》）のスタジアムを、殺戮兵器《さつりくへいき》を満載《まんさい》した飛行船で襲《おそ》い、観戦に来た大統領《だいとうりょう》もろとも皆殺《みなごろ》しにしようというものでした。

それまでに書かれたリアルなスパイ小説では、暗殺にしても破壊工作《はかいこうさく》にしても、もっと現実的《げんじつてき》なものでした。ここまでとんでもない計画が描かれたことはなかったはずです。

そう、ここではあの007ことジェームズ・ボンドが、あくまで〝大人の童話〟の主人公として立ち向かったような陰謀《いんぼう》が、明日起きるかもしれないものとして描かれているのです。しかも犠牲《ぎせい》となるのは一般市民《いっぱんしみん》であり、彼《かれ》らが暮《く》らす街が戦場となってしまうのです。

そして……私《わたし》たちは二〇〇一年九月十一日に起きたアメリカ同時多発テロ事件《じけん》で、それが絵空事でないことを知っています。

『ブラックサンデー』には、クールでダンディなヒーローはいません。どこか漫画《まんが》チックで愛嬌《あいきょう》のある悪玉たちも消えて、ひたすら生々しくて寒気のするような現実があるばかりなのです。複雑怪奇《ふくざつかいき》で、どちらが正しくてどちらが悪だとは決めつけられない国際情勢、そんな中でただいともあっさりと抹殺《まっさつ》される人命、すみずみまで取材しつくされたテロ組織《そしき》とそれに対抗《たいこう》するものたちの実態《じったい》――そんな中で、特に細かくえぐり出されるのは、テロ実行犯《じっこうはん》の中の唯一《ゆいいつ》のアメリカ人がたどった人生です。

ランダーというこの男は、少年時代から疎外感《そがいかん》に苦しみ、ベトナム戦争では捕虜《ほりょ》となって屈辱《くつじょく》を味わい、せっかく帰国したあとは裏切《うらぎ》り者扱《ものあつか》いされ……ついには妻《つま》にまでそむかれてしまいます。

そして、ここに一人の、人間の姿《すがた》をした怪物《かいぶつ》が誕生《たんじょう》しました。

ひたすら破滅《はめつ》に向かって突《つ》き進むこの怪物は、どういう運命を迎《むか》えるのか。大ヒットした映画《えいが》版《ばん》（日本では、よくわからない脅迫《きょうはく》に配給会社が屈《くっ》して上映《じょうえい》中止になってしまいました）では、クライマックスとなっていたスタジアム攻撃《こうげき》シーンは短くまとめられ、しかし鮮烈《せんれつ》な印象を残します。

同じ年にルシアン・ネイハムの『シャドー81』という傑作《けっさく》が書かれるなど、最新の情報《じょうほう》を取り入れることで、冒険小説《ぼうけんしょうせつ》はこれまでにない時代を迎《むか》えていました。そんな中でも群《ぐん》を抜《ぬ》いたこの一作で、ハリスの名は一気に知られるようになりました。

しかし、第二作を出したのは何と六年後の一九八一年。しかも謀略戦《ぼうりゃくせん》や大規模《だいきぼ》なテロ計画を描《えが》いたデビュー作とはまるで異《こと》なり、残虐《ざんぎゃく》な犯行《はんこう》をくり返す連続殺人犯《シリアル・キラー》を追う孤独《こどく》な特別調査官《とくべつちょうさかん》ウイル・グレアムのドラマ『レッド・ドラゴン』でした。

ここでも綿密《めんみつ》な取材や調査によって、犯罪捜査《はんざいそうさ》やそれによって浮《う》かび上がってくる事実が克明《こくめい》に描かれ、読者もまた、いつ心病んだ殺人者に襲《おそ》われるかもしれない荒涼《こうりょう》とした世界が描き出されます。

そして、この作品で初めて登場したのがハンニバル・レクター博士《はかせ》――前の章で述《の》べた「アメリカ映画《えいが》100年のヒーローと悪役ベスト100」の悪役の部で一位に輝《かがや》いた天才的犯罪者《てんさいてきはんざいしゃ》なのでした。この物語でのレクター博士は、重要な役割《やくわり》を果たしながらも脇役《わきやく》に過《す》ぎなかったのですが、さらに七年後には、華々《はなばな》しくというか、まがまがしくというか主役をつとめることになります。

それこそは前二作をはるかにしのぐ衝撃《しょうげき》を与《あた》えた『羊《ひつじ》たちの沈黙《ちんもく》』でした。映画版《えいがばん》でレクター博士に扮《ふん》した、アンソニー・ホプキンスの鬼気迫《ききせま》る演技《えんぎ》もあってトマス・ハリスの名声を一層高《いっそうたか》いものにしたこの作品は、ミステリーの歴史に新たな一ページを付け加えることになったのでした。

『羊たちの沈黙』――この謎《なぞ》めいたタイトルは、この物語の主人公であるFBI捜査官《そうさかん》――にはまだなれずにいるアカデミー実習生、クラリス・スターリングが心に秘《ひ》めた傷《きず》に由来します。

前作『レッド・ドラゴン』にも登場するクロフォード行動科学課長の命令で、クラリスは、優《すぐ》れた精神科医《せいしんかい》でありながら自分の患者《かんじゃ》を九人も殺害したレクター博士《はかせ》と、異常犯罪者専門病院《いじょうはんざいしゃせんもんびょういん》で面会することになります。

行動科学とは、その名の通り人間の行動を科学的に分析研究《ぶんせきけんきゅう》して、そこに法則性《ほうそくせい》を見出そうという学問です。これを捜査《そうさ》に応用《おうよう》すると、犯罪の手口やその際《さい》の行動から、犯人《はんにん》がどういう人間であるかを推定《すいてい》することができます。

これを「プロファイリング」といい、今では日本でもよく知られた言葉となりましたが、そのきっかけはこの『羊《ひつじ》たちの沈黙《ちんもく》』と、日本でもベストセラーになったロバート・K・レスラー、トム・シャットマン共著《きょうちょ》『FBI心理分析官《しんりぶんせきかん》』でした。ちなみにこのレスラーという人はクロフォード課長のモデルと言われ、トマス・ハリスの取材に応《おう》じて行動科学についての知識《ちしき》を授《さず》けた人です。

クロフォードがクラリスをレクター博士のもとに送りこんだのは、〝バッファロウ・ビル〟のあだ名で呼《よ》ばれる連続女性誘拐殺人犯《じょせいゆうかいさつじんはん》の正体を暴《あば》くためでした。そのためには、実際《じっさい》に似《に》たような凶悪犯罪《きょうあくはんざい》を行ない、すでに捕《とら》えられた犯人たちの意見を聞いてみる必要があると考えたからです。

ほんのわずかなスキでも見せれば、たちまち襲《おそ》いかかってくることを恐《おそ》れて、厳重《げんじゅう》な監禁状態《かんきんじょうたい》に置かれたレクター博士は、当初クラリスを相手にしようとはしませんでした。しかし、彼女《かのじょ》が刑務所《けいむしょ》のほかの囚人《しゅうじん》から侮辱《ぶじょく》を受けたことから、そのつぐないにとバッファロウ・ビル事件《じけん》の解《かい》決《けつ》のためのヒントを教えてくれます。

これが二人の奇妙《きみょう》な関係の始まりでした。何とか正式な捜査官になりたいクラリスは、恐怖《きょうふ》をこらえてレクター博士と何度も会いますが、そのたび博士は少しずつ彼女の内面に入りこもうとします。

そのうち博士に人格《じんかく》を乗っ取られ、自由に操《あやつ》られてしまうのではないか――そんな恐怖を覚えながらも、クラリスはバッファロウ・ビル事件に深くかかわり、やがてそのせいで恐ろしい体験《たいけん》をすることになるのです。

バッファロウ・ビルは人間性《にんげんせい》のかけらもなく、ただ自分の快楽《かいらく》のためだけに女性を誘拐し、殺害します。彼《かれ》にとって、まわりは全て狩《か》り場のようなもの。そこで捕《とら》えた犠牲者《ぎせいしゃ》は、自分が作りたいあるものの部品でしかありません。となれば、彼を相手にした戦いは、冷え冷えとした絶望《ぜつぼう》的《てき》なものとならざるをえません。

バッファロウ・ビルの最も新しい被害者《ひがいしゃ》は、有名な女性《じょせい》上院議員の娘《むすめ》で、このままだと数日以内に惨殺《ざんさつ》されるだろうと予想されました。クラリスは、レクター博士《はかせ》に病院での監禁状態《かんきんじょうたい》をゆめることを条件《じょうけん》に、何とか犯人逮捕《はんにんたいほ》の手がかりを教えてもらおうとします。

ところが、功名心《こうみょうしん》にかられた病院長が、その試みを横取りし、博士を監禁施設《かんきんしせつ》から外に出してしまいました。むろん、身動きが取れないほどがんじがらめにされてのことでしたが、そんなチャンスを逃《のが》すレクター博士ではありませんでした……。

全体が薄闇《うすやみ》に包まれたような寒々しいムードに包まれ、しかしときに荒々《あらあら》しい暴力《ぼうりょく》と、火花の散るような心理戦を描《えが》いたこの作品は、ミステリーに新しい時代を開きました。

ちなみに、レクター博士が悪役一位を取ったアンケートで、ジョディ・フォスターが演《えん》じたクラリス・スターリングはヒーローの第六位を獲得《かくとく》しています。ボンドと彼女《かのじょ》の間にいるのは、名画「カサブランカ」でハンフリー・ボガートが演じたリック・ブレインと「真昼《まひる》の決闘《けっとう》」でゲーリー・クーパーが演じたウィル・ケイン保安官《ほあんかん》といいますから、正邪《せいじゃ》ともに古典的なキャラクターの地位を確立《かくりつ》したわけです。

原作者であるハリス自身、これ以降《いこう》は、何と十一年後に『ハンニバル』、さらにその七年後に『ハンニバル・ライジング』という超《ちょう》スローペースで、レクター博士という稀有《けう》のキャラクターをひたすら掘《ほ》り下げてゆくことになります。

ともあれ『羊《ひつじ》たちの沈黙《ちんもく》』が一つのきっかけとなって、サイコ・スリラーあるいはサイコ・サスペンスと呼《よ》ばれる、心を病み、非人間的《ひにんげんてき》な衝動《しょうどう》に取りつかれた犯罪者《はんざいしゃ》たちとの戦いを描く物語がどっとあふれ出しました。

それらのサイコな作品群《さくひんぐん》が人々に受け入れられたのは、私《わたし》たちの社会に何かねじ歪《ゆが》んだものが入りこんでおり、いつそれに襲《おそ》われるかもしれず、ことによったら自分もそんな怪物《かいぶつ》になってしまうかもしれないことに感づいていたからでしょう。

こんなジョークがあります。レスラーの『FBI心理分析官《しんりぶんせきかん》』が出たとき、そこで紹介《しょうかい》された猟奇犯罪《りょうきはんざい》への日本の読者の反応《はんのう》は「こんな事件《じけん》が起きるなんて、アメリカって怖《こわ》いねぇ」だったのですが、その続編《ぞくへん》が出たときには「こんな事件が起きるなんて、アメリカも日本と同じだねぇ」だったとか。確《たし》かに日本人にとっても、おぞましい殺人者たちはつい身近にいるように感じられてきていました。

シャーロック・ホームズやサム・スペード、エルキュール・ポワロ、金田一耕助《きんだいちこうすけ》、エラリー・クイーン、そしてジェームズ・ボンドが活躍《かつやく》していた時代から、私《わたし》たちは何と遠くへ来てしまったことでしょう。

彼《かれ》らや、もっと多くの探偵《たんてい》たちや犯人《はんにん》たちが織《お》りなしてきたミステリーの歴史は変わってしまったのか。幾多《いくた》の作品は、古ぼけた骨董品《こっとうひん》になったというのでしょうか。そして、「探偵小説《たんていしょうせつ》は、やがて犯罪小説《はんざいしょうせつ》にとってかわられる」という予言は的中してしまったのでしょうか――。

いいえ、そうではありません。

実は、『羊《ひつじ》たちの沈黙《ちんもく》』からさかのぼること半世紀以上、日本の江戸川乱歩《えどがわらんぽ》が先駆的《せんくてき》な作品を書いています。とても有名な作品で、今となっては真相の意外性《いがいせい》も感じられないかもしれませんが、未読の人たちのために一応内容《いちおうないよう》をぼかして紹介すると、この作品には快楽《かいらく》のためだけに殺人を行なう犯人が登場します。

彼は、まるで都会を自分の狩《か》り場にするかのように女性《じょせい》たちを誘拐《ゆうかい》しては殺害し、その死体で奇怪《きかい》なあるものを作ります。そして、犯人逮捕《はんにんたいほ》に苦慮《くりょ》した警察《けいさつ》では、ある天才的な犯罪学者《はんざいがくしゃ》にアドバイスを求めに行くのですが――。

ここには、時代の狂気《きょうき》をとらえる全く同じ目がありはしないでしょうか。探偵が怪人《かいじん》か、怪人が探偵なのかさえ区別のつかない、カオスな状況《じょうきょう》をつかもうとする絶望的《ぜつぼうてき》な試みが見出されはしないでしょうか。

そして、そればかりではありません。

レクター博士《はかせ》は、まるでシャーロック・ホームズのように、相手のごくわずかな特徴《とくちょう》に目をとめ、ささいな心の動きを読み取ることで、その真の姿《すがた》を、意識《いしき》の奥底《おくそこ》までを見抜《みぬ》きます。現場《げんば》に残されたミクロな手がかりを求めて苦闘《くとう》するクラリス・スターリング（および前作のウィル・グレアム）もまた、彼《かれ》のはるかな後輩《こうはい》にほかなりません。

クラリスはサム・スペードのように食うか食われるかの人間ジャングルをかいくぐり、ボンドのように巨大組織《きょだいそしき》の歯車として、しかし自分の意志《いし》は貫《つらぬ》きつつ働き、ポワロや金田一耕助《きんだいちこうすけ》のように犯人《はんにん》がとりつかれた美学に翻弄《ほんろう》されつつ、この巨大な世界に立ち向かいます——ニューヨークでエラリー・クイーンがそうしたように！

なるほど、クラシックでヒロイックな探偵小説《たんていしょうせつ》は、犯罪小説《はんざいしょうせつ》にとってかわられたかもしれません。しかし、その中に名探偵《めいたんてい》たちも彼らの推理《すいり》も、怪人《かいじん》もトリックも全て入りこんで、逆《ぎゃく》に探偵小説が犯罪小説をのみこんでしまったようです。

『羊《ひつじ》たちの沈黙《ちんもく》』が発表される前年、そして何と『緋色《ひいろ》の研究』でシャーロック・ホームズが登場して百年後の一九八七年、日本のミステリーでも大きな動きがありました。

横溝正史《よこみぞせいし》が沈黙して以降《いこう》の二十数年にわたり、否定的《ひていてき》に見られがちだった謎《なぞ》と論理《ろんり》、名探偵の胸《むね》のすく推理や、犯人たちの意表を突《つ》くトリックを満載《まんさい》したタイプの探偵小説が、新しい世代の作家たちによってよみがえったのです。

「新本格《しんほんかく》」と当初呼《よ》ばれた彼らの作品は、その後急速な成長と広がりを見せ、ここには記しきれないほどの成果を生んで今日に至《いた》っています。その結果、「探偵小説は、やがて犯罪小説にとってかわられる」という言葉を真正面から否定することになったのは、何とも痛快《つうかい》なことでした。

八冊目

『ビブリア古《こ》書《しょ》堂《どう》の事《じ》件《けん》手《て》帖《ちょう》』

『ビブリア古書堂《こしょどう》の事件《じけん》手帖《てちょう》』
著《ちょ》／三上《みかみ》 延《えん》
メディアワークス文庫（KADOKAWA）

探偵小説《たんていしょうせつ》の歴史を時代ごとに選んだ一冊《さつ》ずつで語る『少年少女のためのミステリー超入門《ちょうにゅうもん》』も、とうとう最後の章となりました。

実のところ、この前にとりあげた『羊《ひつじ》たちの沈黙《ちんもく》』で、打ち止めにしようかと考えたこともありました。もともとミステリーは読み捨《す》ての娯楽文学《ごらくぶんがく》という面があり、もちろんそれでかまわないのですが、その作品が後世まで残り、豊《ゆた》かな実りを生むかどうかがわかるまでには、時間がかかるものなのです。

コナン・ドイルは、自分はあくまで歴史小説家として認《みと》められたいのであって、シャーロック・ホームズの物語には大した価値《かち》はないし、あとには残らないだろうと考えていました。

今、私《わたし》たちは、それがまるきりまちがっていたことを知っていますが、それは当の本人にすら、そのときにはわからないことでした。

『羊たちの沈黙』が発表されたのは一九八八年。その前後に書かれ、この作品と同じかそれ以上にもてはやされたミステリーはたくさんありますが、その大半は記憶《きおく》されずに終わってしまいました。おそらくこのあたりが「古典」といっていい作品の、新しい方の限界《げんかい》かな――と結論《けつろん》づけようとして、あることに気づきました。

この本のタイトルにもうたわれた、少年少女のみなさんが生まれたあとに書かれた本が、一冊《さつ》もないのではないか？　と。古典として評価《ひょうか》が定まっていることにこだわりすぎて、かんじんのことを忘《わす》れていたのではないか？　と。

これまでの章では、ミステリーとそこに登場する探偵《たんてい》たちが、それぞれの時代の読者にどんな風に見え、受け止められてきたかを考えてきました。

ヴィクトリア朝時代のホームズ、狂乱《きょうらん》の二〇年代のスペード、二つの世界大戦のはざまのポワロ、第二次大戦敗戦国の金田一《きんだいち》、戦勝国のクイーン、冷戦期のボンド、二十世紀末のレクター博士《はかせ》――だとしたら、現在《げんざい》ただ今、読者とともに同じ時代を生きている作品をとりあげなければいけないのではないだろうか……。

そこで選んだのが二〇一一年に出たこの本です。みなさん、さすがにもう生まれていますよね？

この本を、ずっとあとになって手に取った方は別にして……。

小説も漫画《まんが》もみんなそうなのですが、最初はゴッタ煮《に》のように何でもありで、エネルギッシュなかわりに玉石混交《ぎょくせきこんこう》がはなはだしいものです。それが、しだいに形をととのえ、質《しつ》の高さを求めるようになってゆくのです。

ミステリーのさまざまなルールや美学は、そうした中から生まれたものですから、いちがいに否定《ひてい》することはできないのですが、リアリティや正確《せいかく》さを求めてゆくうちに、失われてゆくものも多かったのです。

そうすると、必ず原点に立ち返ろうとする動きが生まれます。『ドクター・ノオ』の章で、どんどんリアルでシリアスになってゆくスパイ小説に刃向《はむ》かうように、古風な冒険活劇《ぼうけんかつげき》のヒーローが復活《ふっかつ》したことを書きましたね。

同じころ日本では、何十年も前に書かれた、奇想天外《きそうてんがい》でイマジネーションあふれる伝奇時代小《でんきじだいしょう》説《せつ》が大量に復刊《ふっかん》されたりしました。そこに、実際《じっさい》にあった出来事を忠実《ちゅうじつ》になぞる歴史小説にはない魅力《みりょく》を見出したからです。

ミステリーでもそうでした。作中の警察《けいさつ》の描《えが》き方は正確《せいかく》に、突拍子《とっぴょうし》もない犯罪《はんざい》は描かない、名《めい》探偵《たんてい》なんて実在《じつざい》しないものはなるべく登場させない、昔風の探偵小説《たんていしょうせつ》はもう卒業したのだから「文学」してほめられるものを書こう……などと言っているうちに、だんだん窮屈《きゅうくつ》になってきたのです。

一九七〇年代に入るころ、いったんは時代遅《おく》れとされた江戸川乱歩《えどがわらんぽ》や横溝正史《よこみぞせいし》の探偵小説がブームになりましたが、当時すでに作家として活動していた人たちは、そう簡単《かんたん》に考えを変えるわけにもいきませんでした。過去《かこ》の作品が復活《ふっかつ》しても、それが新たな創作《そうさく》につながるとは限《かぎ》らず、つながったとしても、けっこう時間のかかるものなのです。

そうした既存《きそん》の作品にあきたらない若《わか》い読者たちが、日本や海外の古典的作品を読みあさり、その面白さを再発見《さいはっけん》して、やがて自分でも書くようになった――というのが、前章で少し書いた

「新本格《しんほんかく》」と呼《よ》ばれるミステリーの動きです。

ちょうど、元号《げんごう》が昭和《しょうわ》から平成《へいせい》に移《うつ》り、アメリカでは『羊《ひつじ》たちの沈黙《ちんもく》』がセンセーションを呼ぶころのことでした。

新本格ミステリーでは、個性的《こせいてき》な名探偵だの不可能《ふかのう》で不可解《ふかかい》な事件《じけん》だの奇抜《きばつ》なトリックだの、一度は否定《ひてい》されたものが、新しい視点《してん》とテクニックを加えて復活したのですが、もう一つこれまでになかったスタイルの作品が抬頭《たいとう》しました。

それは「日常《にちじょう》の謎《なぞ》」と呼ばれるものをテーマとした作品で、そこではほぼ殺人事件《さつじんじけん》は出てこないどころか、犯罪事件《はんざいじけん》が扱《あつか》われることすら少ないのです。街なかで見つけた、見知らぬ誰《だれ》かの不《ふ》審《しん》な行動、ちょっとした異変《いへん》――それに気づくこと自体が、一つの驚《おどろ》きでもあるのですが、そこから知恵《ちえ》と思考を働かせ、やがてハッとするような真相が導《みちび》き出される――。

そこには、目の前にいる人の身なりや、ちょっとしたしぐさから、その人の人生を見抜《みぬ》くシャーロック・ホームズの目があります。わずかな手がかりをもとに論理《ろんり》に論理を重ね、そこで起きたことを再現《さいげん》してみせるエラリー・クイーンの頭脳《ずのう》があります。

こうした作品が生まれたのも、ミステリーが原点に返り、その面白さをしっかり理解《りかい》したうえで、がんじがらめなパターンから脱出《だっしゅつ》する自由さを得たからでしょう。


これが三上延著《みかみえんちょ》『ビブリア古書堂《こしょどう》の事件手帖《じけんてちょう》』が登場するまでの流れなのです。

鎌倉《かまくら》のひっそりとした街角に建つ「ビブリア古書堂」。この作品は、そこで取り扱《あつか》われるさまざまな本と、それらにまつわる出来事を描《えが》いた物語です。

かつては、ちょっとした町ならばあちこちに小さな古本屋さんがあったものですが、今では〝新古書店〟と呼《よ》ばれる大規模《だいきぼ》なチェーンストアにとってかわられ、失われゆく風景の一つとなっています。それだけに、この本に登場する「ビブリア古書堂」には、どこか懐《なつ》かしく、過去《かこ》に通じるタイムトンネルのようなふんいきが漂《ただよ》います。

お話の主要人物は、そこの店主でありながら、ある事情《じじょう》で長期入院している若《わか》い女性《じょせい》と、彼女《かのじょ》にやとわれた青年、そして古本をめぐって彼《かれ》らの前に現《あらわ》れる人々――。

最初の物語で、青年は、祖母《そぼ》の遺品《いひん》の中にあった夏目漱石全集《なつめそうせきぜんしゅう》を処分《しょぶん》するに当たり、この古本屋を訪《たず》ねます。その中の一冊《さつ》だけに奇妙《きみょう》なサインが入っており、しかもこの全集を売っていたのがビブリア古書堂だとわかったからです。そこは青年にとっての思い出の場所でもあったのです。

古本屋は昔のままの姿《すがた》で、北鎌倉《きたかまくら》の人気《ひとけ》のない通りにありました。あいにくそこにいた店番の人では事情がわからず、青年は大船の病院を訪ねることになります。そこに、ビブリア古書堂の店長がけがで入院していたからです。

店長は若い女性で、よほど好きなのか病室の中も本だらけでした。そして彼女――篠川栞子《しのかわしおりこ》は、青年が持参した本を一目見るなり、それがどんなものかを立て板に水のように語ります。そればかりか、そこに記されたサインの秘密《ひみつ》を読み解《と》き、そこにどんな思いがこめられていたかを物語るのでした――。

この出会いをきっかけに、青年はビブリア古書堂で働くことになります。そして彼は、古本屋としての仕事を通じて、本にまつわる、ささやかだけれども不思議《ふしぎ》なドラマに出会います。彼《かれ》がそれについて相談するのが女性《じょせい》店長で、読者は一話また一話と、その真相が解《と》き明かされてゆくのを、目の当たりにすることになるわけです。

探偵役《たんていやく》が自らは動かず、ホームズにとってのワトスンに当たる役が手がかりを集め、それをもとに推理《すいり》がなされる――というのを〝安楽椅子探偵《あんらくいすたんてい》〟といいますが、まさにその好例といえるでしょう。

古書をめぐるミステリー、小説についての小説というのは、決して珍《めずら》しくはありません。また、この作品が登場するまでに、「日常の謎《にちじょうのなぞ》」はすでに手あかのついた手法となっていて、中には、それこそ日常の範囲内《はんいない》に終始して、何の驚《おどろ》きも感じさせてくれない作品も少なくありませんでした。

そんな中で、この作品が支持《しじ》されたのは、「人」と「本」とのかかわりにスポットを当てたからでしょう。

ワトスン役をつとめる青年は、子供《こども》のときに負った心の傷《きず》から、本を読むことが大変につらいという体質《たいしつ》になっており、各編《かくへん》に登場する本の中身に入りこむことはできません。

そのかわり、彼はさまざまな本と、そこにかかわってくる人々を客観的に見ることができます。本との出会いによって変わってゆく人々をしっかりと見つめる青年は、しかしどの本の中にも没《ぼっ》入《にゅう》することができない。

そんな彼に、一冊《さつ》一冊の本について語るのは、本の世界にうずもれ、本なくしては一日も生きられない探偵役の女性。でも、皮肉なことに、彼女《かのじょ》は愛する本のために絶望的《ぜつぼうてき》な状況《じょうきょう》に追いこまれてしまったのです。

犯罪《はんざい》が全く描《えが》かれないわけではありませんが、あえて流血や派手《はで》な騒《さわ》ぎを排《はい》して、人と本の関係にしぼりこんだ構成《こうせい》は、一見するとミステリーと正反対のように見えるかもしれません。しかし、各編で日常に忍《しの》び入るものとして描かれた謎と、淡々《たんたん》と解き明かされるその真相は、まぎれもなく良質《りょうしつ》の探偵小説《たんていしょうせつ》のそれです。

私《わたし》たちの常識《じょうしき》を疑《うたが》い、一見気づかないところにひそむ矛盾《むじゅん》や不思議《ふしぎ》を指摘《してき》し、その理由や真実を明かしてみせる——その結果、自分がいかにものを正しく見ていなかったか、何一つ知らなかったかを思い知らせ、意表を突《つ》く。私はミステリーの魅力《みりょく》をそこだと考えてきましたし、今も変わってはいません。

しかし、ミステリーはそれがゆえに絶《た》えず新奇《しんき》さを求められ、昨日新しく斬新《ざんしん》に思えたものが、今日はあって当たり前のものと化してしまうという宿命を抱《かか》えています。だから絶えず行き詰《づ》まりを指摘され、マンネリズムにも陥《おちい》って、すたれてしまうこともしばしばでした。

とはいえ、そんな困難《こんなん》を克服《こくふく》し壁《かべ》を打ち破《やぶ》ってきたのも、ミステリーなのです。

思えば、ポーの「モルグ街《がい》の殺人《さつじん》」から百七十年後に、このような軽やかで、とらわれない作品が生み出されたことも、その一例であるかもしれません。

ところで、せっかく私たちと同じ時代を生きている作品をとりあげたのですから、その未来についても考えてみましょう。これまでとりあげた七冊《さつ》は、それが書かれて何十年後、ものによっては百年以上も先に当たる現在《げんざい》から、それがどんな意義《いぎ》や意味を持つことになったかをふりかえりました。

この作品で同じことをしようとすれば、それは未来を予測《よそく》することになります。ずっと先の時点から、ビブリア古書堂《こしょどう》をめぐる本と人間たちの物語をふりかえってみようというのです。たとえば——。

ミステリーの探偵《たんてい》たちは、いつだって時代という巨大《きょだい》な迷宮《めいきゅう》の案内人でした。ホームズに代表される推理《すいり》と冒険《ぼうけん》のヒーローたちは、人々《ひとびと》の目や耳だけでなく心までふさいでしまう壁や死角を打ち破ってきました。

それは、ときに階級の上下であったり、貧富《ひんぷ》の差であったり、ものの考え方の違《ちが》いであったりしました。近ごろ、よく使われる言い方をするなら「分断《ぶんだん》」です。

最近、面白い説を耳にしました。十九世紀になって、人類がそれまで当たり前のように続けてきた奴隷制度《どれいせいど》や拷問《ごうもん》、さまざまな差別といったことを、しだいしだいに廃止《はいし》することができるようになったのは、印刷技術《いんさつぎじゅつ》の発達や識字教育《しきじきょういく》の普及《ふきゅう》によって「読書」、それも小説を読むことが広まったおかげだというのです。

もちろん小説というものは古くから書かれ、広く読まれてきたわけですが、一つの物語が世界じゅうのいろんな人たちに楽しまれるようになったのは、それほど古いことではないのです。

そういえば、アメリカで奴隷解放《どれいかいほう》の機運が高まったのは、ストウ夫人の『アンクル・トムの小屋』（一八五二）のおかげだと言われています。黒人奴隷《こくじんどれい》トムの不幸な生涯《しょうがい》を小説として読むことで、人々は彼《かれ》の苦しみや悩《なや》みを体験《たいけん》し、自分と肌《はだ》の色も立場も全く違《ちが》う人間に同情《どうじょう》し共感し、その内面に入ってゆくことができたのです。

小説だからこそ、他者の痛《いた》みや喜《よろこ》びを感じることができ、それによって「分断《ぶんだん》」を乗り越《こ》えることができた——。

だとしたら、偏《かたよ》ったものの見方に一石を投じ、人々の目を開き続けてきたミステリーこそは、最もよく分断と戦ってきたジャンルといえるでしょう。

けれど今、ミステリーに限《かぎ》らず小説、さらには本そのものが大きな危機《きき》を迎《むか》えようとしていま す。本を読む人と、本を読まない人――という分断が無視《むし》できないほど広がりつつあるのです。広く一般《いっぱん》に親しまれて、やっと二世紀になるかならないかの「読書」が大きな曲がり角にさしかかっているのです。

どんな名探偵《めいたんてい》といえど、本を読んでくれない人たちにかかってはお手あげです。いくら盲点《もうてん》を突《つ》き、意外な真実を明らかにしても――人々を分断する偏見《へんけん》や無知を正そうとしても、これではどうしようもありません。

『ビブリア古書堂《こしょどう》の事件手帖《じけんてちょう》』の中には、すでにそんな予兆が描《えが》かれているかのようです。ここで描かれる読書の喜びや楽しみ、本を愛する心には、常《つね》にノスタルジーが付きまとっていて、それらがやがて消えてゆくことを覚悟《かくご》しているように思えてなりません。

この作品が古典となってふりかえられるとき、ミステリーは、小説は、本は、読書というものはどうなっているのか。それを見届《みとど》けることができるのは、この本を読んでいるあなたかもしれないのです。

何はともあれ、ミステリーは今も成長し、変化し、しかし根本のところの魅力《みりょく》は失うことなく書き続けられています。

これまで八冊《さつ》の本とその著者《ちょしゃ》たちを中心に語り、紹介《しょうかい》してきた以外にも、膨大《ぼうだい》な作品がみなさんの前に広がっているのです。でも、本書を手に取る前よりは、少しは何をどう読めばいいのか、見えてきたのではありませんか。どうでしょうか。

みなさん、ミステリーの広大無辺《こうだいむへん》の沃野《よくや》へようこそ。まずは一冊目のお楽しみから——そして十冊、百冊、千冊、いや、それ以上へと！

この本で紹介された8つの作品――みなさんの読書の参考に

一冊目『緋色の研究』▶講談社青い鳥文庫、角川つばさ文庫、創元推理文庫、新潮文庫、光文社文庫ほか。

＊その他のコナン・ドイルの作品
「新装版シャーロック・ホームズ」(全15巻 岩崎書店)、「完訳版シャーロック・ホームズ全集」(全14巻 偕成社)、その他『四つの署名』『シャーロック・ホームズの冒険』『バスカヴィル家の犬』『恐怖の谷』などが創元推理文庫、新潮文庫ほかで入手できる。

二冊目『マルタの鷹』▶ハヤカワ・ミステリ文庫ほか

＊その他のダシール・ハメットの作品
『血の収穫』▶創元推理文庫(『赤い収穫』の題でハヤカワ・ミステリ文庫にも)
『デイン家の呪い』『ガラスの鍵』『影なき男』(ハヤカワ・ミステリ文庫)ほか。

三冊目『オリエント急行の殺人』(『オリエント急行殺人事件』)▶講談社青い鳥文庫、偕成社文庫、創元推理文庫、クリスティー文庫(早川書房)ほか。

＊その他のアガサ・クリスティの作品
『アクロイド殺し』(『アクロイド殺害事件』)、『ABC殺人事件』など多数の作品が、講談社青い鳥文庫、偕成社文庫、創元推理文庫、クリスティー文庫(早川書房)ほかで入手できる。

四冊目『獄門島』▶角川文庫ほか。

＊その他の横溝正史の作品
『大迷宮』『金色の魔術師』『仮面城』(ポプラポケット文庫)、『本陣殺人事件』『八つ墓村』『犬神家の一族』『悪魔が来りて笛を吹く』(角川文庫)ほか。

五冊目『九尾の猫』▶ハヤカワ・ミステリ文庫

＊その他のエラリー・クイーンの作品
『Xの悲劇』『Yの悲劇』『Zの悲劇』など多数の作品が創元推理文庫、ハヤカワ・ミステリ文庫ほかで入手できる。

六冊目『ドクター・ノオ』▶ハヤカワ・ミステリ文庫

＊その他のイアン・フレミングの作品
『カジノ・ロワイヤル』『ムーンレイカー』『ダイヤモンドは永遠に』『ロシアから愛をこめて』(創元推理文庫)、『007は二度死ぬ』『わたしを愛したスパイ』(ハヤカワ・ミステリ文庫)ほか。

七冊目『羊たちの沈黙』▶新潮文庫

＊その他のトマス・ハリスの作品
『ブラックサンデー』『ハンニバル』『ハンニバル・ライジング』(新潮文庫)、『レッド・ドラゴン』(ハヤカワ文庫NV)ほか。

八冊目『ビブリア古書堂の事件手帖』著／三上 延▶メディアワークス文庫(KADOKAWA)

芦辺 拓——あしべ・たく
1958年大阪市生まれ。同志社大学卒業後、読売新聞大阪本社に勤務し
1986年に「異類五種」で第2回幻想文学新人賞入選、
1990年に『殺人喜劇の13人』で第1回鮎川哲也賞を受賞し本格デビュー。
主として本格ミステリを執筆し、ジュヴナイルやアンソロジーも手がける。
代表作に『十三番目の陪審員』『紅楼夢の殺人』
『グラン・ギニョール城』『スチームオペラ』などがあり、
『裁判員法廷』『金田一耕助VS明智小五郎』はテレビ化された。

少年少女のためのミステリー超入門
2018年11月30日　第1刷発行

著　者　芦辺　拓
発行者　岩崎弘明　　編集　松岡由紀
発行所　株式会社岩崎書店
〒112-0005 東京都文京区水道1-9-2
電話：03-3812-9131（営業） 03-3813-5526（編集）
振替：00170-5-96822

装　丁　こやまたかこ
装　画　ひな姫
印　刷　三美印刷株式会社
製　本　株式会社若林製本工場

NDC900 ISBN978-4-265-84018-2 176頁 19×13cm
Published by IWASAKI Publishing Co.,Ltd.

岩崎書店ホームページ ▶http://www.iwasakishoten.co.jp
ご意見ご感想をお寄せください。▶e-mail:info@iwasakishoten.co.jp

本書は製本にコデックス装を採用しております。
本の開きがとても良くノド元まで開くために、
手で押さえず開いたままの状態を保つことができます。
書籍の背の部分がむき出しとなっておりますが、
かがり綴じの変型ですので強度的には問題ございません。